너희들과 함께라서 좋다!

배훈 선생님의 교단 일기

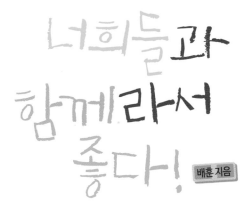

너희들과
함께라서
좋다! 배훈 지음

기쁨, 감동, 울림, 사랑이 흔한 곳, 학교

어느 시골 학교 1학년 교실입니다. 막 점심을 먹고 난 아이들이 수학 문제를 풀고 있네요. 양쪽 손가락을 폈다 구부렸다 수를 셉니다. 이리저리 궁리해 보지만 문제가 잘 풀리지 않나 봅니다. 입에서 끙끙 앓는 소리도 냅니다. 더워서 열어 놓은 문으로 잠자리 한 마리가 교실로 들어옵니다.

"선생님, 잠자리 들어왔어요!"

아이들은 누구라 할 것 없이 모두 수학 문제에서 빠져나와 잠자리와 하나가 됩니다. 하던 공부를 멈추고 잠시 아이들과 함께 잠자리와 놀아 봅니다.

수학 시간

배훈

선생님, 잠자리가 교실에 들어왔어요.
공부하고 싶은가 봐요.

선생님, 잠자리가 의자에 앉았어요.
문제 풀고 싶은가 봐요.

선생님, 잠자리가 돌아다녀요.
모르는 문제가 많나 봐요.

선생님, 잠자리가 나갔어요.
쉬 마려운가 봐요.
놀고 싶은가 봐요.
물마시고 싶은가 봐요.
배고픈가 봐요.
…

수학 시간

아이들 말을 귀 기울여 듣고, 눈여겨보았더니 한 편의 시가 되었습니다. 아이들의 말과 행동을 자세히 들여다보면 새로운 세상이 보입니다. 책 속에 시골 작은 학교 1학년 교실에서 4년 동안 있었던 새로운 세상 이야기를 담았습니다.

교실에서는 흔한 일이 참 많습니다. 더불어 사는 기쁨이 흔합니다. 마음을 뜨겁게 하는 감동이 흔합니다. 마음과 마음이 하나 되는 울림이 흔합니다. "진서는 왜 안 와요?" 결석한 친구를 걱정하는 사랑이 흔합니다. 학교가 기쁨, 감동, 울림, 사랑이 흔한 곳이란 것을 알게 해 준 장천초등학교 아이들에게 감사 인사를 전하고 싶습니다.

함께 글을 쓰고, 읽고, 함께 아이들 삶을 이야기 나눴던 장천초등학교 선생님들과 '밭한뙈기' 가족에게도 감사 말씀 전합니다. 앞으로도 같은 방향으로 같은 편이 되어 같은 길을 가고 싶습니다.

함께! 오래오래!

2019년 2월

배훈

1부 귀기울여 듣다

2부 눈여겨보다

3부 마음으로 느끼다

1부

귀 기울여 듣다

왜 아빠자는 없어요?

오늘은 4시간 모두가 국어 수업이었다. 두 시간은 자음자, 두 시간은 모음자에 대한 공부를 했다. 수업 시작을 그림책으로 열었다. 읽어 준 책은 『개구쟁이 ㄱㄴㄷ』이다.

"선생님, 그림책 어디서 났어요?"

한울이가 물었다.

"선생님 집에서 가져왔어."

"선생님 집에는 아이가 없잖아요?"

우리 집에 그림책을 읽을 만한 아이가 없다는 걸 알고는 되물었다.

"너희들 읽어 주려고 요즘도 그림책을 산단다."

호영이가 앉아서 뭐라 뭐라 꿍알거렸다.

"호영아, 뭐라고?"

"나중에 선생님 아들이 장가가서 애기 낳으면 그 그림책 읽어 주면 된다구요."

8살, 1학년이라고 절대 무시하면 안 된다. 똑똑함이 줄줄 흐른다.

『개구쟁이 ㄱㄴㄷ』을 읽으며 그림책 속에 낱자가 들어 있는 낱말을 찾아보기로 했다. 'ㄱ'에서 '거미', '개미', '구멍'을 찾았다. 자세히 보면 더 찾을 수 있다고 다시 살펴보라고 했다.

"귀신이 있어요."

해맑은 아이들을 위한 예쁜 그림책 속에 귀신이라니. 눈을 씻고 다시 찾아보았지만 귀신이 있을 리가 없다.

"귀신이 어디 있냐?"

"구멍 속에 있잖아요."

나는 구멍 속에 든 귀신이 보일 정도로 대단한 아이들을 가르치고 있다! 내가 참 기특하다.

그림 속 낱말 찾기를 끝내고 교과서로 공부를 했다. 한글 자음자와 모음자를 읽고 쓰기였다.

"자음자는 아들 글자라 혼자 쓸 수 없어요. 아이가 엄마 없이 자랄 수 없죠? 엄마인 모음자를 만나야 쓸 수 있어요."

한글 낱자에 대한 설명을 하고 직접 써 보기로 했다.

"선생님, 왜 아빠자는 없어요?"

호영이가 호기심 어린 눈으로 질문을 했다.

"그러게. 왜 아빠자는 없을까?"

호영이의 질문을 받아 아이들에게 던져 주었다. 곰곰이 생각하던 성율이가 손을 번쩍 들며 대답했다.

"세종 대왕이 안 만들었어요."

"그러네. 세종 대왕이 자음자, 모음자만 만들었구나. 세종 대왕은 가까운 여주에 계신단다."

은서는 세종 대왕 무덤에도 가 봤다고 했다.

"세종 대왕은 언제 돌아가셨어요?"

호영이가 또 호기심 어린 눈으로 물었다.

"지금부터 약 600년 전에…."

호영이 질문에 대답을 하려는데 태식이가 말을 끊고 소리쳤다.

"안 돌아갔어!"

태식이가 세종 대왕이 안 돌아가셨다는 근거 없는 주장을 펼쳤다.

"세종 대왕님은…"

친절하게 설명하려는데 동찬이가 또 끼어들었다.

"돌아갔어! 칼로 싸우다 손에 피 났어!"

아이들 말을 듣고 있던 성율이가 한마디 더 했다.

"언니가 그러는데 세종 대왕 믿으면 안 된대요. 세종 대왕 믿으면 미신이래요."

원래 하고 있던 이야기와 한참 멀리 와 버렸다. 다시 아이들에게 '왜 아빠자는 없을까'에 대한 이야기를 하고 있었다고 전했다. 아이들은 한 명씩 자유롭게 자기 의견을 발표했다.

"아기가 다쳤을 때 아빠가 가만 있을 거 같아서요."

아빠에 대한 부정적인 말이 불쑥 튀어나왔다. 그때부터 아이들은 아빠에 대한 원성을 털어놓기 시작했다.

"아빠가 놀아 주지는 않고 일만 해서요."

"놀아 주지도 않고, 같이 자지도 않고, 같이 밥도 먹지 않고, 놀이 동산도 가지 않아요."

"아빠가 핸드폰만 계속 하고 있어서요."

설마 세종 대왕이 그런 이유로 '아빠자'를 안 만들었을 리는 없겠지만 조선 시대 아빠들도 별반 다르지 않았으리라. 아이들 말이 어느 정도 일리가 있었다.

"선생님이 만들어 주세요."

동찬이가 귀여운 부탁을 했다. 웃으며 뭐라고 대답을 할까 고민을 하는 사이 성율이가 끼어들었다.

"안 돼요! 아빠자가 있으면 아기들도 더 많아지잖아요. 그래서 아기자가 많아지면 더 배우기가 힘들잖아요."

세종 대왕은 글을 모르는 백성을 위해 훈민정음을 창제하시고, 우리 아이들을 위해 '아빠자'를 만들지 않으셨다.

그건 못 먹잖아요!

"설문지가 뭐예요?"

1학기가 얼마 남지 않아 학교 급식 만족도 조사를 실시하였다.

"응, 설문지는 물어보는 거야. 급식이 얼마나 맛있었는지, 맛없는 건 없었는지 물어봐서 2학기 때 더 맛있는 걸로 해 주려고 하시는 거야."

설문 조사하는 방법에 대해 먼저 설명하였다.

"다음 보기를 보고 해당되는 것을 골라 V표 하세요. V표 있죠? 영어로 브이라고 하는데 자기가 맞다고 생각하는 것에 표시하세요."

듣고 있던 산이가 손가락을 펼치며 한마디 거들었다.

"이게 브이죠?"

"브이 아니야!"

학교 들어와서 어렵게 한글을 깨우치고 있는 호윤이가 외쳤다.

"어, 브이 맞는데."

"맞아. 맞아."

주위에서 호윤이 말을 인정하지 않는 아이들이 많았다.

듣고 있던 호윤이가 입을 쭈욱 내밀며 말했다.

"뷔~ 뷔라고 해야 돼."

헐, 한글을 영어처럼 더듬더듬 읽는 녀석이 발음이 잘못됐다고 제대로 고쳐 주고 있었다. 유치원 때 배웠다나 뭐라나.

"그래, 원래는 뷔~라고 하는 게 맞는 거야. 뷔~ 표 하세요."

밥과 국, 반찬 양은 어떤지, 매운 정도는 어떤지, 김치 맛은 어떤지 한 문제, 한 문제 읽어 가며 뷔~ 표시를 하였다. 입학 때보다 점점 살 쪄 가는 호윤이, 주아, 이수는 급식에 무한 긍정을 표현하고 있었다. 입이 짧은 산이는 솔직한 답변을 해야 하나 고민이 많아 보였다.

"10번 문제. 평소 원하는 간식의 종류는 무엇입니까? 1번 유제품. 유제품은 우유로 만든 요구르트 같은 걸 말하는 거야."

'과일, 빵, 떡, 기타.'

쓰여 있던 답지를 읽던 산이가 갑자기 흥분하며 말했다.

"아니, 기타는 못 먹잖아요!"

우리 반에서 책을 제일 많이 읽고, 똑똑함이 누구에게도 뒤지지 않는 효주가 거들었다.

"기타를 왜 먹어요? 이거 잘못된 거네!"

똑똑한 효주의 한마디에 모두들 확신에 차서 한 소리씩 했다.

"뭐? 기타를 먹어?"

"말도 안 돼!"

그러게. 2학기 때 더 맛난 거 해 준다고 해 놓고, 기타를 주겠다고 했으니 화날 만도 하구나. 맛없고, 먹기 힘든 기타(?) 말고 더 맛있고, 무럭무럭 자랄 수 있는 영양 만점의 음식 해 달라고 영양사 선생님께 꼭 부탁하마.

기타 말고 더 맛있는 우리들 반찬 ^^

선생님, 꿍꿔떠요

"선땡님, 꿍꿔떠요!"

앞니가 다 빠져 발음이 새는 예령이가 말을 걸어왔다. 무슨 말인지 몰라 다시 물었다.

"응?"

"꿍꿔따구요!"

"아! 꿈꿨다고. 무슨 꿈?"

예령이 꿈 이야기는 줄 서기에 관련된 내용이었다. 우리 반 줄 서기는 번호 순이다. 1번이 제일 앞에 섰다 일주일이 지나면 맨 마지막으로 간다. 제일 앞에 선 사람은 우유 당번을 도맡아 한다. 급식 시간에는 밥도 제일 먼저 받는다. 아이들 모두 맨 앞에 줄 서기를 좋아해서 생각해 낸 방법이었다. 예령이는 학급 번호가 1번이라 첫 주에 하고 지나갔다. 맨 앞에 서고 싶은 마음이 꿈에도 나타났나 보다.

"내가 맨 뒤에 있다 제일 앞으로 갔어요."

"그래서 어떻게 됐어?"

"엄마가 깨워서 일어났어요."

사실 예령이 꿈 이야기를 듣는 일이 꿈만 같다. 예령이는 병설 유치원 출신이다. 지난 2년간 유치원 연계 수업에서 함께 공부하고, 점심시간마다 같이 급식실에서 밥을 먹었지만 예령이 목소리를 제대로 들어본 적은 한 번도 없었다. 소리 없이 해맑게 웃는 모습이 귀여워 말이라도 걸면 그냥 웃을 뿐이었다. 나 외에도 다른 사람들과 이야기하는 모습을 본 적이 없었다. 말 없는 예령이가 입학해서 말을 안 하면 어떡하나 하고 걱정도 많이 했었다. 그런 예령이가 아침마다 말을 걸어오니 신기하고 꿈만 같을 수밖에.

중간 놀이 시간, 예령이랑 공 주고받기 놀이를 했다. 예령이는 공을 높이 던져 줘도 제법 잘 받았다.

"예령이 실력 좋은데!"

"제가 타이밍이 좀 좋은 거 같아요."

공 받기 실력보다 말재주가 더 좋구만. 점점 높이를 높여 공을 던져 주었다. 받기 힘들 정도의 높이로 던진 공을 가까스로 잡았다.

"오, 실력 좋은데!"

예령이는 씨익 웃으며 대답했다.

"운빨이에요."

주말이 지나면 예령이 말은 더 많아졌다. 아침 일찍 교실에서 기다리다 자리에 앉기도 전에 말을 걸어왔다.

"선생님, 오늘 용돈 받았어요."

"그래? 얼마?"

"천 원이요."

월요일마다 용돈 천 원을 엄마한테 받는다고 했다. 주변에 구멍가게 하나 없는 학교에서 용돈 천 원을 어떻게 쓰려나 궁금했다. 물어보기도 전에 예령이는 답을 알려 주었다.

"언니가 숏다리 사다 줘요. 어쩔 땐 삼각김밥도 사다 줘요."

면 소재지 중학교에 다니는 큰언니가 하굣길에 간식을 사 오기로 했단다. 학교가 끝나 언니를 만날 생각에, 숏다리를 먹을 생각에 들떠 있는 예령이 수다는 한참을 이어졌다.

교실 밖에서 부스럭거리는 소리가 들려 고개를 들어 쳐다보았다. 창문 너머로 머리가 보였다. 낯익은 머리 주인은 우리 학교 5학년 담임인 미남 성서경 선생님이었다. 신발장에서 신발을 바꿔 신으시나 보다. 5학년 선생님은 우리 학교에서 예령이를 가장 예뻐하시는 분이다. 식당에서 밥을 먹고 나면 예령이에게 꼭 눈도장을 찍고 가신다. 5학년 선생님네도 딸이 생긴다면 예령이를 닮은 아기가 나올 게 분명하다.

"예령아, 5학년 선생님한테 인사하고 와."

"싫어요!"

고개를 절레절레 흔들며 대답했다.

"왜?"

"기분이 나빠요!"

'싫어요'보다 더 큰 소리로 소리쳤다.

"남자가 예쁘다고 하는 게 기분이 나빠요. 여자가 예쁘다고 하는 건 괜찮은데 남자가 예쁘다고 하는 건 기분이 나빠요."

그럼 5학년 선생님은 남자고, 나는 여자냐!

일찍 죽겠네

하루가 너무 바빴다.

학교에 오자마자 운동회 연습을 했다. 전부가 모이는 첫날이라 줄 서기 연습하고 이어서 무용도 했다.

1, 2교시에는 자음자, 모음자 카드로 글자 맞히기 놀이를 하였다. 글자를 다 깨우치지 못한 다섯 명의 아이들도 열심히 한 덕분에 받침 없는 글자는 그럭저럭 읽어 내는데 큰 무리가 없었다. 카드를 빨리 맞히는 사람에게 점수를 주는 놀이를 하자 성율이가 속도를 따라갈 수 없어 쉬이 포기를 해 버렸다. 역시 경쟁하는 놀이는 누군가를 힘들게 할 수 있다는 것을 느꼈다.

2교시가 끝나고 중간 놀이 시간에는 지난번 과학경진대회 시상을 위한 조회가 있었다. 전교생이 다목적실에 모였다. 카프라 높이 쌓기에서 입상한 우리 반 아이들 이름을 불렀다.

"최우수 김한빛, 우수 김다경, 장려 김한울 앞으로 나오세요."

이름이 불린 아이들은 빛의 속도로 단상 위로 올라갔다. 교장 선생님께서 상장을 읽는 동안 한빛이가 시상대에 딱 붙어 있어 모든 사람들을 웃게 만들었다.

3교시에는 어제 쌍둥이 엄마가 보내 주신 모종을 심었다. 유치원에서 빌려 온 삽과 물뿌리개를 가지고 창고 뒤편 울타리로 갔다. 먼저 땅을 깊게 파고, 모종을 심은 후 물을 뿌리는 시범을 보여 주었다. 손으로 흙을 고르게 덮고, 꼭꼭 눌러 주는 것도 잊지 않았다.

아이들도 한 줄로 서서 정해진 구역을 삽으로 갈아엎었다. 토마토와 가지 모종을 차례로 나눠 주고 심게 하였다. 아이들은 땅에 모종을 넣고, 손으로 꾹꾹 누른 후에 물뿌리개로 정성스럽게 물을 주었다. 소정이와 은서, 다경이는 여러 번 반복해서 물을 주었다.

4교시에는 봄맞이 교실 대청소를 하였다. 아이들과 함께 물티슈를 나눠 들고 책상과 사물함을 닦았다. 태식이는 학습 준비물이 꽂혀 있는 책꽂이를 닦기 시작했다. 처음에는 빈 공간만 닦다가 나중에는 학습 준비물을 바닥에 내려놓고 닦았다. 묵은 때가 엄청 났다. 호영이와 여러 아이들이 태식이를 도와 함께 닦고 은서와 또 다른 친구들은 교실 뒤편의 책장에 꽂혀 있는 책을 닦았다. 여기에 있는 먼지도 장난이 아니었다. 아이들의 고사리같은 손이지만 교실이 한결 깨끗해졌다.

중간 놀이 시간까지 모두 조회에 써 버려서 오늘은 잠깐의 쉬는 시간도 없었다. 반나절이 너무 길었다.

점심시간이 되었다. 맛난 점심을 먹고 나면 잠시 쉴 수 있는 시간이 생긴다. 자리에 앉아 천천히 소시지를 음미하며 먹고 있었다.

"선생님, 몇 살이세요?"

호영이가 물었다.

"마흔여섯 살인데?"

"어, 그런데 왜 6학년 형보다 키가 작아요?"

6학년 민환이랑 비교하면서 하는 말이었다. 나이 많다고 키가 크면 세상에 키 작아 억울한 사람 하나 없겠다.

앞에서 열심히 밥을 먹던 한빛이가 몇 살이냐고 다시 물었다.

"마흔여섯 살!"

1초의 망설임도 없이 한마디를 던졌다.

"일찍 죽겠네!"

안 그래도 너무 힘들어서 일찍 죽겠다. 이놈아!

힘들어도 즐거운 가족 운동회

종잡을 수 없는 녀석들

9시가 다 되어 나타난 승범이 덕분에 아침 시간이 소란스러웠다.

"선생님, 실내화 없어요."

어제는 가방 없이 나타나 깜짝 놀라게 하더니 오늘은 실내화가 없단다. 사실 가방은 아예 집에 가져가지도 않았다.

"돌봄 교실 가 봐. 거기 있을 거야."

돌봄 교실을 다녀와도 실내화가 없단다. 성현이와 재우에게 함께 찾아보라고 하고, 승범이에게는 여분의 실내화를 신게 하였다. 함께 실내화를 찾는 중에 승범이 엄마가 나타나셨다. 손에는 손바닥만 한 실내화 한 켤레가 들려 있었다.

"엄마, 실내화 차에 있었어?"

"그래!"

승범이 엄마는 실내화를 건네주고 쏜살같이 사라지셨다. 갑자기 승범이가 멀어져 가는 엄마를 향해 소리쳤다.

"엄마, 누나 실내화도 차에 있어!"

1교시 수업을 그림책으로 열었다. 제목은 『아기 늑대 세 마리와 못된 돼지』다.

표지 그림을 펼쳐 놓고 이야기를 시작하려다 한쪽에서 폭포같이 눈물 흘리는 아이를 발견하였다.

'실내화 안 가져왔던 승범이!'

눈물 양으로 봐서 보통일이 아닌 듯 보였다. 갑자기 어디가 아픈 게 분명했다.

"승범아, 어디 아프냐?"

승범이는 닭똥 같은 눈물을 흘리며 고개를 저었다.

"그럼 왜 우냐?"

"누나 실내화…."

차에 두고 온 누나 실내화를 못 갖다 줘서 운단다. 승범이는 참으로 종잡을 수 없는 놈이다.

책을 읽어 주기 전에 『아기 돼지 삼형제』의 원래 이야기를 들려주었다. 읽어 줄 책이 원작을 변형한 작품이라 모르는 아이들이 있을 것 같았다.

늑대가 굴뚝으로 들어가다 끓는 물에 빠지는 장면에서는 뜨거운 물에 데었던 나의 생생한 경험담을 아이들에게 들려주었다.

학교에 들어가기 전 일이었다. 그 당시는 물을 항상 끓여 먹던 시절이었다. 볶은 보리를 직접 넣어 끓여 먹었었다. 그날도 엄마는 큰 솥에 보리차를 끓여 놓고 뚜껑을 열어 식히고 계셨다. 그런데 마루에서 놀던 내가 발을 헛디뎌 그만 엉덩이가 솥에 빠지고 말았다. 놀란 엄마는 찬물, 소주, 간장 등 각종 민간요법으로 엉덩이를 치료해 주셨다. 하지만 온 엉덩이에 커다란 물집이 잡혔다. 엄청 아팠던 기억을 떠올려 그림을 그려 가며 신나게 들려주었다.

이야기를 귀 기울여 듣던 민준이가 궁금한 표정으로 물었다.

"선생님, 보여 주세요."

"엉?"

"엉덩이 보여 주세요."

이 녀석도 도무지 종잡을 수 없다. 며칠 전에는 점심을 먹고 화장실 변기 앞에서 만났다. 함께 오줌을 누며 점심 때 편식하던 음식에 대해 찬찬히 설명하고, 앞으로 조금씩만 더 잘 먹어 보자고 타일렀다.

"민준아, 맛없어도 조금씩 먹어 보자."

오줌이 끝나갈 때까지 잔잔한 잔소리를 들려주었으나, 듣는둥 마는둥 하던 민준이는 나의 급소를 유심히 쳐다보며 말했다.

"고추가 버섯 같다."

"야, 이놈아. 절대 비밀이야!"

종잡을 수 없는 녀석들 덕분에 나의 하루도 종잡을 수가 없다.

종잡을 수 없지♥만 사랑스러운 녀석들

저는 수두 안 걸려요

아침에 오자마자 다경이가 다가왔다. 자기 머리를 내 얼굴에 들이밀며 말했다.

"선생님, 모기가 머리 안을 물어 간지러워 죽겠어요. 머릿속이라 약도 못 발라요."

"간지럽겠다. 어떡하냐?"

얼굴에도 모기 물린 자국이 여러 군데 있었다. 다경이와 이야기가 채 끝나기도 전에 교실 앞문에서 부르는 소리가 들렸다. 시선을 돌린 곳에는 성율이 어머니가 계셨다. 옆에는 해맑게 웃고 있는 성율이가 서 있었다. 아침에 부모님이 함께 오는 이유는 대부분 아이가 아플 경우이다. 그런데 온 얼굴에 미소가 가득한 아이에게서 아픔이 느껴지지 않았다.

"성율이 어디 아픈가요?"

"네, 선생님. 성율이 수두 걸렸어요."

어제까지 아무렇지도 않았던 아이가 하루 사이 수두에 걸렸단다. 성율이를 자세히 살펴보니 얼굴이며, 팔, 다리에 붉은 반점이 생겼고, 옅은 분홍색 연고가 발라져 있었다. 성율이 얼굴에는 옅은 미소가 그려져 있었다.

"선생님, 성율이 학교 며칠 못 나올 거 같아요."

"네, 전염이 강하니까 완치되면 보내 주세요."

엄마 뒤에서 웃고 있는 성율이랑 눈이 마주쳤다. 학교를 며칠 빼먹을 생각을 하니 좋아 죽겠나 보다. 그냥은 보낼 수 없지.

"성율아, 학습지 챙겨 가서 공부 해."

매일 아침 자습으로 공부하던 학습 자료를 집으로 가져가게 했다. 성율이를 보내고 마음이 급해졌다. 교실로 돌아와 깊숙이 넣어 두었던 손 소독제를 꺼냈다. 아이들에게 손 소독제를 한 방울씩 나눠 주고 깨끗이 손을 닦게 했다. 한빛이가 손을 구석구석 닦으며 말했다.

"손이 부드러워졌어. 점점 뻑뻑해지는데…."

성율이 책상에도 듬뿍 소독제를 떨어뜨린 후 휴지로 닦아 냈다. 손을 닦는 아이들을 유심히 살펴보다 다경이 얼굴 모기 자국이 유난히 커 보였다. 가까이 다가가 자세히 살펴보았다. 모기에 물린 건지, 다른 이유로 생긴 반점인지 알 수가 없었다. 다경이를 보건 선생님에게 데려갔다. 보건 선생님도 의심스럽다며 다경이를 데리고 보건소에 다녀오겠다고 하셨다. 잠시 후 보건소에서도 시내 병원에 가서 검사를 받는 것이 좋겠다는 의견을 전해 왔다. 다경이 할머니께 전화를 드렸다.

"할머니, 다경이 병원에 가 봐야 할 것 같아요."

"선생님, 그거 주말에 놀러 가서 모기 물린 거예요."

교실에 수두 걸린 친구가 있고, 보건소 의견까지 전하자 할머니는 할아버지께 연락해서 병원에 가겠다고 하셨다. 잠시 후 가지 밭일하시던 바쁜 일손을 놓고 할아버지께서 한달음에 달려오셨다. 시내에 있는 소아과에 가서 검사하고, 연락을 달라고 부탁 드렸다.

"모기 물린 걸 거예요. 병원 갔다 아니면 다시 올게요."

다경이 할아버지도 아닐 거라며, 아니 아니길 바라는 마음으로 병원으로 향하셨다.

교육지원청과 보건소에 보고하고, 학교 전체에 수두 소식을 알렸다. 손 씻기, 기침 예절에 대해 모든 아이들에게 지도하게끔 하고, 비슷한 증상이 있는 아이들은 즉시 보건실이나 병원으로 가도록 했다. 1, 2층 복도에는 손 소독제가 놓이고, 급하게 수두 예방 가정 통신문도 만들어졌다. 행정실에서는 오후에 학교 전체를 소독하기로 했다.

모든 조치가 끝나갈 즈음 다경이 할아버지에게서 전화가 왔다.

"선생님, 다경이 수두랍니다. 며칠 학교 못 갈 거 같아요."

우려했던 일이 현실이 되었다. 9명 중 2명이 한꺼번에 수두에 걸렸으니 나머지 아이들이 걱정되었다. 9명이 매일 아침 등교해서 함께 놀고, 함께 공부하고, 방과 후에는 돌봄 교실에서 또 같이 놀았으니 언제 누구에게 또 옮겼을지 모를 일이었다.

"애들아, 다경이도 수두란다."

수두 예방 가정 통신문을 나눠 주며, 증상과 예방법에 대해 알기 쉽게 설명했다.

"선생님, 성율이랑 다경이 중에서 누가 먼저 걸린 거예요?"

한빛이가 호기심 가득한 눈으로 물었다. 한빛이 질문을 들으니 누가 먼저 걸린 건지 궁금하긴 했다.

"성율이지! 성율이가 먼저 갔잖아!"

동찬이가 당연한 걸 묻는다는 듯 대신 대답했다. 아이들 모두가 고개를 끄덕였다.

"애들아, 수두에 걸리면 붉은 반점도 나고, 열도 나고, 많이 아파. 걸리지 않게 손발 깨끗이 씻어야 돼."

귀 기울여 듣고 있던 호영이가 원래 낮은 목소리를 더욱 깔며 한마디 했다.

"선생님, 저는 수두 안 걸려요."

"너는 왜 수두에 안 걸리는데?"

자신감 넘치는 호영이 말에 그 이유가 무척 궁금했다.

"저는 배즙 먹어요. 배즙에 도라지 들어 있어서 수두에 안 걸려요."

옆에서 듣고 있던 동찬이가 또 거들었다.

"맞아요. 도라지는 감기도 안 걸리게 해요."

도라지 든 배즙은 어디서 구할 수 있을까. 진심으로 먹고 싶다!

백 더하기 영이 얼마게요?

"왜 나는 더 많아요?"

"너는 방과 후가 없는 날이 많아서 그래."

"선생님, 제 이름 좀 지워 주세요."

동찬이가 남아서 하는 한글 공부가 많다고 투덜거렸다. 수업 마치고 돌봄 교실에서 마음껏 뛰어놀고 싶은 마음이 가득해서였다.

"글자 잘 알면 지워 줄게."

점심시간이 되었다. 앞자리에 자리 잡은 동찬이가 또 칭얼거렸다.

"선생님, 나 지워 줘요."

바로 옆에서 밥을 먹던 호영이가 불쑥 끼어들었다.

"수학도 공부해야 돼!"

"나 수학은 잘해!"

호영이의 자극적인 말에 동찬이가 부르르 끓어올랐다. 갑자기 점심시간이 수학 시간이 되어 버렸다.

  "일 더하기 이는?"

  평소 얌전한 소정이가 신이 나서 문제를 냈다.

  "삼!"

  옆에 앉은 태식이가 잽싸게 대답했다.

  "나도 알아!"

  기회를 뺏긴 동찬이가 또 부르르 끓어올랐다.

  "오 더하기 영은?"

  호영이가 보란 듯이 어려운 문제를 만들어 냈다. 동찬이가 골똘히 고민하는 순간 소정이가 신나게 대답했다.

  "오!"

  "나도 아는데!"

  씩씩거리던 동찬이가 자신 있는 눈빛으로 선생님을 바라보며 문제를 냈다.

  "선생님, 백 더하기 영이 얼마게요?"

  "얼만데?"

  옅은 미소를 흘리며 천천히 동찬이가 대답했다.

  "백영!"

  "동찬아, 남아라!"

백 마디 말보다…

흡연 예방 교육이 있는 날이었다. 미리 준비해 둔 동영상을 띄워 놓고 흡연 예방 교육을 왜 하는지 설명하려고 했다.

"오늘 공부는….”

"선생님!"

성율이가 중간에 말을 끊었다.

"성율이, 왜?"

"저 동영상 왜 틀어 주는지 알아요!"

"왜 그런 것 같은데?"

성율이는 의미심장한 미소를 지으며 말을 이었다.

"우리 겁주려고요!"

"정답! 어떻게 알았지?"

"우리 겁줘서 나중에 담배 못 피게 하려고 그러는 거 맞죠?"

더 이상 가르칠 게 없다. 그래도 2시간이나 잡혀 있는데 이대로 끝낼 수는 없는 법. 성율이 말대로 동영상으로 겁을 준 후 과거 흡연 경험과 금연의 어려웠던 기억을 떠올려 실감나게 들려주기로 마음먹었다.

정지된 동영상의 플레이를 눌렀다. 동영상에는 성율이 예상대로 자극적인 사진이 많이 있었다. 폐암, 폐기종, 목에 구멍이 난 사진, 이가 썩어 들어가는 사진 등 충분히 겁먹을 만한 내용으로 가득 차 있었다. 예쁜 아가씨가 아이들 앞에서 담배 피는 사진을 보고 동찬이가 한마디 했다.

"여자가 담배를 피네."

듣고 있던 성율이가 욱 해서 되받아쳤다.

"야! 여자도 담배 필 수 있어!"

'흡연 예방'에서 갑자기 '양성평등'으로 주제가 바뀌어 버렸다.

"사진에 있는 사람들은 담배의 안 좋은 것 때문에 저렇게 된 거란다."

좀 더 쉽게 설명을 하려는데 호영이가 끼어들었다.

"맞아요. 담배에는 니코틴, 이산화탄소, 타르가 들어 있어요."

1학기 때 배운 내용을 하나도 까먹지 않고 다 기억하고 있었다. 정말 가르칠 게 없구나.

담배를 처음 피게 되었던 이야기와 끊기 어려웠던 실감 나는 경험담으로 아이들 관심을 사로잡기로 했다.

첫 담배는 당구장에서 친구가 권해서였다. 담배 피는 친구 모습이 멋있어 보이는 반면, 담배를 피지 않는 내가 뭔가 부족하게 느껴졌다. 처음 가슴 속으로 들이마신 담배 연기는 세상이 뱅글뱅글 도는 어지러움과 목구멍이 타들어 가는 고통을 맛보게 하였다. 그러나, 그 고통은 잠시뿐. 그날 이후 20여 년간 하루도 담배와 떨어져 살 수 없었다. 결혼을 하고서도 아내와 함께 타고 가던 자동차에서도 담배를 피웠고, 첫째 아이가 태어나고 다섯 살이 지나도록 계속 담배를 피웠다. 오랜 흡연으로 항상 목에 가래가 끓고, 조금만 격한 운동을 하고 나면 숨이 헐떡거리고, 이를 닦을 때마다 구역질이 올라오는 등 몸에 이상이 느껴졌다. 둘째 아이가 태어나 가족 모두의 건강에 큰 영향을 줄 수 있다는 생각이 들고서야 금연을 결심할 수 있었다.

학교 옥상에서 마지막 담배를 구겨 버리고는 보건소로 달려갔다. 보건소에서는 몸에 붙이는 금연 패치를 무료로 주고, 일주일에 한 번 6주간 방문하라고 했다. 담배 없이 사는 일주일간 몸과 마음이 너무 힘들었다. 하도 짜증을 많이 내서 아내는 담배를 다시 피우라고 할 정도였다. 하지만 일주일 동안 잘 참아 냈고, 그 뒤로 단 한 대의 담배도 피지 않았다.

흡연이 얼마나 해롭고, 금연이 얼마나 힘든지에 대해 생동감 있는 경험담을 아이들에게 쏟아부었다. 이야기 속으로 쏙 빠져 있던 아이들은 나중에 커서도 선생님 경험담을 떠올리며 담배를 멀리할 거라는 기대감에 미소가 흘러나왔다. 훌륭한 수업을 하고 난 만족감이 채 가시기도 전에 성율이가 무심하게 내뱉은 한마디에 뒷목을 잡고 쓰러질 뻔했다.

"선생님, 그래서 늙어 있는 거예요?"

백 마디 말보다 늙어 보이는 선생님 얼굴이 금연에 더욱 효과가 있었다.

담배가 생각나는 날이다.

친구는 같은 방향으로 가는 사람,
엉뚱함도 같은 방향으로!

*애들아~

아침 자습을 마친 아이들이 텃밭에 심어 놓은 옥수수와 토마토에 물을 주러 갔다. 그런데 교실로 돌아온 아이들 표정이 심상찮았다. 특히 성율이 표정이 예사롭지 않았다. 의자에 앉아 고개를 푹 숙인 채 양손을 머리카락 사이로 집어넣고 있었다. 누가 봐도 화났다라는 표시였다.

"성율이 무슨 일 있냐?"

고개를 든 성율이가 대답했다.

"애들이 기분 나쁘게 해요."

"아니에요. 성율이가 기분 나쁜 말 했어요."

호영이가 자기 이야기가 나올 줄 알았는지 선수를 쳤다.

"성율이가 뭐라고 했는데?"

"성율이가 자꾸 '얘들아'라고 불러요."

"맞아요. 자꾸 '얘들아'라고 불러요."

쌍둥이들도 호영이를 거들었다.

친구들에게 '얘들아'라고 부르는 게 뭐가 잘못됐는지 곰곰이 생각해 보았다. 아무리 생각해도 친구들을 부르는 호칭으로 '얘들아'만큼 나은 게 없어 보였다.

"왜 기분이 나쁘냐?"

호영이에게 물었다.

"'얘들아'는 어른들이 아이들에게 하는 말이잖아요. 성율이가 하니까 기분 나쁘죠."

평소 곧잘 '얘들아'라고 부르는 성율이가 친구들을 부르는 태도가 어른스럽기는 했다.

"그럼 뭐라고 부르나?"

호영이에게 물었다. 호영이는 실눈을 뜨고 고민에 빠졌다. 쉽게 대답을 하지 못했다.

"'어린이들아!'라고 부를까?"

호영이에게 물었다. 호영이가 웃었다.

"'친구들아!'하고 부를까?"

다시 호영이에게 물었다. 호영이가 다시 웃었다.

"'학생들아!'라고 부를까?"

모두들 웃었다.

"너는 친구들에게 뭐라고 부르냐?"

호영이에게 물었다. 곰곰이 생각하던 호영이가 나지막한 목소리로 대답했다.

"'애들아'요."

"그래. 그럼 성율이도 '애들아'라고 해도 되지?"

"네."

얘들아, 우리가 키운 옥수수 맛있지?

지퍼 먹고 싶다

색칠 공부 하던 성율이가 모두에게 들리도록 혼잣말을 했다.

"아, 지퍼 먹고 싶다."

오늘은 또 무슨 재미있는 얘길 하나 귀담아듣고 있으려니 동찬이
가 한마디 했다.

"아, 지퍼 맛있는데."

"맞아, 오징어보다 맛있어."

동찬이 짝꿍 호영이가 덧붙인 말을 듣고서야 아이들 대화 내용에
나오는 '지퍼'가 무엇인지 알 수 있었다.

확인을 위해 성율이에게 물었다.

"성율아, 네가 먹고 싶은 게 뭐라고?"

"지퍼요. 달달하고 맛있어요."

성율이에게 장난을 걸고 싶어 입고 있던 점퍼 지퍼를 떼는 시늉을 했다.

"선생님 지퍼 많은데 하나 먹어라."

"그거 아니에요. 물고기 말이에요."

보고 있던 호영이가 한심하다는 듯 고개를 절레절레 흔들었다. 우리 반에서 둘째가라면 서러워할 정도로 똑똑한 호영이다. 혹시나 해서 호영이에게 칠판에 나가서 직접 써 보라고 했다. 호영이는 잠시의 주저함도 없이 곧바로 칠판으로 나가 분필을 꾹꾹 눌러 글자를 썼다.

'지퍼'

호영이는 팔짱을 끼고 턱을 하늘 높이 치켜들었다.

"얘들아, 성율이가 먹고 싶은 게 이게 맞냐?"

모두들 한 목소리로 크게 대답했다.

"네!"

오늘 밤엔 지퍼에 맥주나 한 잔 해야겠다.

지퍼보다 그림이♥ 더 맛있겠지?

소녀의 비밀

아침부터 복도에서 유치원 아이들 소리가 시끌벅적했다. 우유를 가지러 가는 아이들이 재잘재잘 대는 소리가 정겹게 들렸다. 아침 자습을 하던 성혁이가 한마디 했다.

"해윤이 소리가 들리면 가윤이도 왔다는 건데 왜 안 보이지?"

성혁이 말을 듣고 보니 그랬다. 여기저기를 두리번거려도 가윤이는 어디에서도 볼 수 없었다.

"띵동!"

휴대폰에서 메시지 소리가 났다.

'선생님, 가윤이 병원에 들렀다 학교에 갈게요.'

가윤이 엄마로부터 문자가 왔다.

"얘들아, 오늘 가윤이는 병원 갔다 온대."

말이 떨어지기 무섭게 성혁이가 물었다.

"어디가 아프대요?"

성혁이 말을 듣고 보니 그랬다. 어제 집에 갈 때까지도 별 이상이 없었는데 궁금해졌다.

'감기에 걸렸나?'

1교시 수학 시간. 몇십을 소리 내어 읽고 쓰던 중에 뒷문을 열고 가윤이가 들어왔다. 아픈 아이치고는 표정이 너무 밝았다.

"가윤아, 어디 아파서 병원 갔었니?"

가윤이는 두 눈이 초승달로 변하며 해맑은 목소리로 속삭였다.

"항문이요."

윽, 어제 똥꼬가 간지럽다고 하더니만 너무 심해서 병원에 다녀온 것이었다. 두 사람의 대화를 듣고 있던 성혁이가 궁금한 눈초리로 물어왔다.

"선생님, 가윤이 어디가 아프대요?"

아픈 부위가 온 동네 떠들만한 곳이 아니라 어떤 대답을 해야 할지 망설여졌다. 가윤이는 크게 신경 쓰지 않는 눈치지만 그녀의 비밀을 보호해 줘야겠다는 사명감이 느껴졌다. 그냥 감기라고 둘러댈까? 배가 아팠다고 할까? 짧은 순간 많은 생각이 오갔다.

"성혁아, 가윤이는…"

우물쭈물 대답을 하려는 순간, 주완이가 무심한 한마디를 던졌다.

"할무니가 아프대!"

푸핫, 우리 주완이가 글은 잘 몰라도 귀는 잘 열려 있나 보다. 터져 나오는 웃음에 하려던 대답이 쏙 들어가 버렸다. 주완이는 가윤이의 '생명의 은인'은 아니더라도 '소녀의 비밀'을 지켜 줄 수 있는 고마운 사람이었다.

주완이 말을 들은 성혁이가 고개를 갸우뚱거리며 혼잣말을 했다.

"아닌데, 항 머라고 한 거 같은데…."

소녀의 비밀은 우리가 지켜요.

"민준이 엄마 생일이라 파티해요."

성현이가 엄마에게 들은 정보를 알려 주었다.

"어디서 하는데?"

"민준이네 집에서요."

군인 아파트에 사는 민준이네와 성현이네가 함께 모여 엄마 생일 잔치를 하나 보다. 민준이에게 물었다.

"엄마 생신에 누가 와?"

"형아들 와요. 현민이 형아, 성혁이 형아, 성현이 형아요."

"성현이는 형이 아니잖아?"

"성현이는 키가 크니까 형이라고 해도 돼요."

어쨌든 엄마 생신에 여러 가족이 모여 축하해 주기가 쉽지 않은데 대단한 이웃들이다.

"음식은 누가 준비해?"

성현이가 민준이 대신에 대답했다.

"민준이 엄마가요."

직장 퇴근하고 그 많은 식구들 밥 준비하려면 민준이 엄마에게 보통 일이 아닐 듯싶다.

"성현이는 선물 준비했냐?"

"아니요. 가서 많이 먹기만 하면 돼요."

하긴 친구 엄마 생신에 선물 준비는 조금 과하긴 하다. 민준이에게도 똑같이 물었다.

"민준이는 엄마 선물 준비했냐?"

"아니요."

며칠 전 중학교 2학년 아들 녀석도 엄마에게 편지 한 장 안 써 구박 당한 일이 떠올랐다. 중2도 그러한데 초등학교 1학년이 선물을 준비할 리가 없지.

"엄마한테 편지 쓸래? 선생님이 도와줄게."

"네."

아직 한글을 제대로 읽고 쓰기에 무리가 있는 민준이를 위해 컴퓨터 앞에 앉았다.

"민준아, 엄마한테 하고 싶은 말 있으면 해 봐. 써 줄게."

"엄마, 우주까지 사랑합니다."

"오, 좋다. 엄마한테 감사한 거 말해. 써 줄게."

"감사합니다."

"감사하지. 어떻게 얼마나 감사한지 말해 봐."

잠시 생각에 잠긴 민준이가 말했다.

"저를 키워 줘서 많이 감사합니다."

"오, 좋다. 그리고?"

"이제 없어요."

"아니야. 더 생각해 봐. 엄마가 들으면 기분 좋은 말이 뭘까?"

잠시 생각에 잠겼던 민준이가 이내 대답했다.

"우리 엄마는 참 예쁩니다."

민준이는 이미 세상을 어떻게 살아야 하는가를 잘 알고 있었다. 민준이가 불러 준 내용을 컴퓨터로 쳐서 인쇄를 했다.

'엄마, 우주까지 사랑합니다. 저를 키워 줘서 많이 감사합니다. 엄마는 참 예쁩니다. 민준이가.'

옮겨 쓸 종이로 복사 용지를 주려다 기왕이면 예쁜 편지지가 낫겠다 싶었다. 보기에 그럴 듯한 편지지를 찾아 민준이에게 건넸다. 민준이는 인쇄된 종이에 적힌 글자를 열심히 편지지에 옮겨 썼다. 다쓴 편지를 여러 번 접고는 다시 들고 나왔다.

"선생님, 이거 넣는 거 있어요?"

"편지 봉투?"

처음 써 본 편지에 편지 봉투 명사를 알 리가 없지. 학교 이름이 적힌 봉투를 주려다 기왕이면 예쁜 게 낫겠다 싶어 카드 봉투를 꺼내 민준이에게 건넸다. 고이 접은 편지지를 편지 봉투에 넣고 민준이는 또 가까이 다가왔다.

"선생님 이거 어떻게 붙여요?"

민준이는 벌어진 편지 봉투를 닫고 싶은 것 같았다.

"풀로 살짝 붙여."

"테이프로 붙여도 돼요?"

"테이프 붙이면 지저분한데."

책상 서랍을 열고 여기저기 뒤져 하트 스티커를 찾았다. 은색 하트 스티커를 하나 떼서 편지 봉투에 붙여 주었다.

"됐다! 엄마 갖다 드려."

민준이 엄마는 여러 사람의 축하도 기쁘겠지만 아들이 건네는 뜻밖의 편지에 더욱 행복한 순간을 맞이할 것이 틀림없다.

"선생님!"

가방에 편지를 넣으러 간 줄 알았던 민준이가 여전히 붙어 서서 쳐다보았다.

"민준아, 편지 가방에 넣어."

민준이는 얼굴에 옅은 미소를 띠며 살며시 입을 뗐다.

"선생님, 스티커 바꿔 주면 안 돼요? 우리 엄마 분홍색 좋아하는

데."

엄마 생신 선물 준비해 줬더니 스티커도 바꿔 달라는 염치없는 민준이 얘기에 피식 웃음이 나왔다. 넣어 두었던 스티커를 다시 꺼내다 문득 어머니 생각이 났다.

'우리 엄마는 무슨 색을 좋아하지?'

평소 어머니가 어떤 색 옷을 잘 입고 다니시는지, 좋아하는 음식이 뭔지 제대로 아는 게 하나도 없었다. 연락도 자주 드리고, 용돈도 넉넉하게 드리는 등 나름 효자 노릇을 한다며 자부심을 느끼고 주위의 칭찬도 듣지만 마음 한편에 항상 허전함이 느껴졌던 이유가 무엇인지 비로소 깨달았다. 참된 자식의 도리는 물질이 다가 아니었다. 부모님이 나를 아는 만큼 우리도 부모님을 아는 것이 참된 도리였다.

염치없지만 사랑 있는 민준이에게 가르침의 선물을 건넸다.

"옛다. 하트 스티커 너 다 가져라!"

비록 염치는 없지만 사랑이 가득한 아이들

엄마한테 이르고 싶다

성율이가 집에서 화장품을 하나 가져왔다. 엄마들이 쓰는 분통 같은 거였다.

"그게 뭐냐?"

"썬크림이에요. 엄마가 밖에 나갈 때 바르랬어요."

중간 놀이 시간이 되었다. 성율이가 바삐 나갈 차비를 했다. 화장품 뚜껑을 열고 동그란 스펀지를 꼭꼭 눌러 얼굴에 토닥토닥 두들겨 찍었다. 한 번 찍고, 두 번 찍고, 여러 번을 토닥토닥 찍었다. 성율이 얼굴은 점점 하얘지기 시작했다. 결국 성율이 얼굴은 하얀 밀가루를 뒤집어 쓴 것처럼 되어 버렸다.

"조성율 완전 아름답죠?"

오늘 한울이는 예쁜 말만 골라 했다. 감기로 온몸이 뜨거운데 마음은 따뜻했다.

"완전 귀신 같은데요?"

쌍둥이 동생 한빛이가 하는 말이었다. 생긴 건 똑같은데 성격이나 취향이 요렇게나 다르다.

"선생님, 나중에 성율이랑 결혼해요!"

가만히 있는 나는 왜 집어넣냐. 아무 말 않고 듣고 있는데 성율이가 한마디 툭 던지고 밖으로 뛰어나갔다.

"싫어. 선생님 못생겼어!"

헐, 우리 엄마한테 이르고 싶다.

썬크림 바르고 신나는 달팽이♥놀이

엄마는 통화 중

"선생님, 전화기 좀 빌려주세요."

방과 후 로봇 과학을 마치고 온 효섭이 부탁이었다.

"어디 전화하게?"

"엄마요. 엄마가 데리러 온다고 했는데 확실하지 않아서요."

휴대폰에서 연락처를 찾아 통화를 누르고 효섭이에게 전했다.

"통화 중인데요."

"조금 이따 다시 걸어 보자."

기다리는 동안 효섭이는 돌봄 선생님과 배드민턴을 쳤다. 효섭이
엄마에게 다시 전화를 걸었다.

"고객님께서 통화 중이어서…."

"효섭아, 엄마 계속 통화 중인데?"

효섭이는 더욱 신나게 배드민턴을 쳤다. 다리가 아파 태권도 학원을 갈 수 없어 데리러 오라는 전화라는데 영 의심스럽다. 학원 차가 교문 앞에 서 있는 게 보였다. 빨리 통화가 되어야 어떻게 할지 결정할 수 있었다. 다시 효섭이 엄마에게 전화를 걸었다.

"고객님….."

"효섭아, 계속 통화 중이다."

효섭이는 시선도 주지 않고, 배드민턴을 치며 대답했다.

"엄마 남친이랑 통화하나 봐요."

효섭이 대답에 웃음이 빵 터졌다.

"남친이면 아빠겠네?"

"아빠 아니에요!"

효섭이는 딱 잘라 말했다.

"왜?"

"아빠랑은 그렇게 통화 오래 안 해요. 남친 맞나 봐요."

효섭이 대답에 터졌던 웃음이 폭발하고 말았다.

효섭이를 집에 돌려보낸 후 책상에 앉아 곰곰이 생각해 보았다. 아내랑 통화를 길게 해 본 적이 있었던가. 매일 퇴근하면서 주고받는 통화 내용은 몇 분 후에 도착한다가 대부분이었다. 효섭이가 전해 준 교훈에 따라 오늘부터는 달라지리라 마음먹었다. 미리 아내에게 무슨 이야기를 할지 글로 적었다. 이대로만 된다면 아내의 직장에 도착할 때까지 전화 통화를 하고도 남으리라.

퇴근길, 차에 올라 타자마자 아내에게 전화를 걸었다.

"여보세요!"

"어, 여보!"

은은한 목소리에 사랑을 담아 미리 연습한 대사를 휴대폰에 흘려보냈다.

"오늘 하루 어땠어?"

아내의 힘들었을 하루를 들어주기 위해 귀를 쫑긋 세웠다.

"왜 그래? 무슨 일 있어?"

아내의 대답에 더 이상 할 말이 없었다.

"응? 아니…. 10분 뒤 도착!"

효섭이 말대로 엄마의 통화는 아빠가 아님은 분명했다.

살던 대로 살자!

산에서 똥을 누면

국어 시간. '소리 내어 시를 읽을 수 있다'가 공부할 문제였다. 시집 『교실에서 함께 읽는 시 1, 2, 3』을 아이들에게 나눠 주었다. 시 읽을 시간을 주고 가장 마음에 드는 시 한 편을 친구들에게 읽어 주기로 하였다. 예린이가 고른 시는 「산에서 똥을 누면」이었다.

시를 다 읽고 효섭이가 밖에서 똥 쌌던 경험을 이야기했다. 아주 어릴 적 기억인데도 생생하게 말했다.

"배밭에서 삽으로 땅을 파고 똥 쌌어요."

똥을 싸고 또 열심히 놀다가 그만 자기가 싼 똥을 밟았단다. 물컹한 똥이 하늘로 솟구쳐 올라 사방으로 퍼져 나가는 모습이 생생하게 그려졌다.

가윤이도 자기 아빠의 충격적인 경험을 담담하게 이야기했다.

"아빠가 차를 타고 가다 똥을 싸셨대요."

"길에다?"

"아니요. 옷에요."

가윤이는 뒷처리를 위해 열심히 노력(?)하는 아빠 모습을 상세하게 설명해 주었다. 가윤이 설명대로 아빠의 에피소드가 막 머릿속에 그려졌다. 훌륭하신 목사님도 생리 현상에는 어쩔 수 없나 보다. 오늘 목사님을 뵈면 게슴츠레 눈을 뜨고, 옅은 미소를 보내야겠다.

'저는 목사님을 좀 압니다!'

어깨가 닿으면 마음도 닿아요.

⭐ 리한이가 기특한 하루

"안녕하세요."

일찍 등교한 리한이 인사에 힘이 없었다. 목소리에 감기 기운이 뚝뚝 묻어났다.

"감기 걸렸니?"

"네."

얼굴 여기저기에도 아픔이 묻어 나왔다.

"선생님, 저 알약 먹어요."

아픈 중에도 물약 대신 알약 먹는 걸 자랑하는 리한이가 기특했다. 아픈 중에도 자기가 맡은 교실 청소를 하는 리한이가 기특했다.

"리한아, 아프면 말해. 보건실 가서 쉬면 되니까."

수학 시간. 단원 평가를 보는 시간이었다. 아픈 리한이도 열심히 문제를 풀었다. 문제 하나하나를 쉰 목소리로 조용히 읽어 나갔다. 점잖게 문제를 풀어 나가는 리한이가 기특했다.

　시험이 끝나고 리한이가 다가왔다.

　"선생님, 보건실 다녀올게요."

　"그래, 좀 쉬다 와."

　점심시간이 얼마 남지 않았을 즈음 리한이가 교실로 돌아왔다. 얼굴에는 잠을 잔 자국이 그대로 남아 있었다.

　"밥 먹을 수 있겠어?"

　"네!"

　아파도 꼭 밥을 챙겨 먹는 리한이가 기특했다.

　"리한아, 알약 챙겨 가자."

　아이들과 밥을 받아 자리를 잡았다. 알러지가 있는 우주는 계란 대신 받은 김을 친구들에게 나눠 주고 있었다. 옆에 앉은 효섭이가 우주 김을 몇 장 얻어 먹었나 보다. 입 주위에 김이 잔뜩 묻어 있었다.

　"효섭아, 입 옆에 김 묻었다."

　효섭이는 의심의 눈초리로 쳐다봤다. 선생님 말을 믿지 않는 효섭이를 이해시키기 위해 리한이에게 도움을 청했다.

　"리한아, 효섭이 김 묻었지?"

　리한이는 효섭이를 슬쩍 쳐다보며 쉰 목소리로 말했다.

　"네, 못생김."

　"푸핫!"

입에서 밥풀이 튀어나왔다.

리한이가 기특한 하루였다.

교실에는 기특한 아이들로 꽉 차고….

민망한 게 뭔 줄 알겠지?

1교시 수학 시간이 끝날 때가 되어 마음이 급했다. 2학년에서 연극 무대에 초대한 시각 10시가 다가오기 때문이었다. 받아올림과 받아 내림이 있는 덧셈과 뺄셈이라 몇몇 친구들이 어려워했다. 주완이는 성혁이가, 예린이와 은비는 내가 맡아서 집중적으로 도와주기로 했다. 리한이도 거들며 말했다.

"내가 얼른하고 도와줄게요."

요즘 학습이나 생활에서 몰라보게 좋아진 리한이 덕에 학교 올 맛이 난다.

9시 58분. 하던 공부를 정리했다.

"줄 서세요."

복도에서 줄을 서서 출발했다.

"팥죽할멈과 호랑이 보여 준대."

연극 제목까지 알고 있는 성혁이 정보력이 놀랍다. 2학년 교실에 도착하여 뒷문을 두드렸다.

"똑똑!"

조용히 문을 열었다. 2학년 선생님과 눈이 마주쳤다. 책상 앞에 앉은 2학년 아이들이 돌아봤다. 2학년 모두 눈으로 말하고 있었다.

'뭐지?'

뭔가 잘못되었음을 느끼고 2학년 선생님께 물었다.

"오늘 10시에 연극 보러 오라고 하지 않았나요?"

"다음 주 목요일인데요."

부끄러운 마음에 얼른 교실 문을 닫고 아이들을 이끌고 교실로 향했다. 여기저기서 아이들 불평 섞인 말들이 쏟아져 나왔다. 교실에 이르렀을 때 가윤이가 웃으며 말했다.

"선생님 때문에 민망했잖아요."

가윤이 덕분에 민망함이 웃음으로 바뀌었다.

"민망하다가 뭔 줄 아니?"

"네, 어제 우리 엄마도 민망했대요."

도대체 무슨 일이 있었길래 엄마가 민망했을지 궁금했다.

"무슨 일이 있었대?"

가윤이는 모든 친구들이 알아듣기 쉽게 차근차근 설명해 주었다.

"알뜰 바자회에 안 입는 옷을 보냈는데 해윤이가 다시 사 왔대요."

"무슨 옷?"

"레이스 달린 청자켓을 아무도 안 입어서 보냈는데 그 옷을 다시 사 왔대요. 그래서 민망했대요."

가윤이 말을 듣다 보니 그때 상황이 떠올랐다. 여러 선생님들이 가윤이 동생 해윤이에게 청자켓을 입혀 보고 모두 한 목소리로 너무 예쁘다는 칭찬을 쏟아 냈었다. 선생님들의 많은 관심과 사랑이 가윤이 엄마를 민망하게 한 것이다.

아이들에게 물었다.

"민망한 게 뭔 줄 알겠지?"

모두들 한 목소리로 대답했다.

"네!"

민망했지만 이웃을 도왔던 알뜰 바자회

우리 엄마는 회장님

아침 자습이 끝나고 숙제 검사를 했다. 어제 내준 숙제는 글씨 바르게 쓰기였다. 학기 초에 구입한 『예쁘게 글씨 쓰기』 교재 한 쪽 쓰기가 숙제였다.

일 년 동안 꾸준히 연습해서인지 글씨가 몰라보게 좋아졌다. 소정이는 선생님보다 더 예쁘게 잘 쓰고, 동찬이, 은서, 쌍둥이들도 많이 좋아졌다.

검사가 끝나고 보니 책이 두 권 모자랐다. 범인은 성율이와 태식이였다. 두 명 다 월요일부터 시작해 이번 주 들어 숙제를 한 번도 안 해 왔다. 오늘은 그냥 넘어가지 않기로 마음먹었다. 둘을 불러 놓고 숙제를 해야 하는 이유를 설명하고 앞으로는 숙제를 잘 해 오겠다는 다짐을 받았다. 그리고 오늘 못한 숙제는 남아서 쓰고 돌봄 교실로 가도록 했다.

숙제 검사를 마치고 다음 주 학교 큰 행사에 대해 초대장을 보며 설명을 했다. 행사 이름은 '우리 학교 예체능'이다. 다른 학교 학예 발표회와 비슷한 행사이다. 3월부터 저학년은 오카리나, 고학년은 바이올린을 일주일에 한 번씩 배웠다. 꾸준히, 열심히 악기 연주한 결과를 부모님들께 보여 드리는 자리이다.

아이들은 초대장에 쓰인 우리 반 순서와 다른 학년 형아 누나들이 하는 프로그램을 읽었다. 유심히 초대장을 읽던 성율이가 물었다.

"어! 우리 엄마가 회장이에요?"

초대장에는 학교장, 운영위원장, 학부모회장 이름이 적혀 있었다. 학부모회장인 성율이 엄마 이름이 교장 선생님과 나란히 적혀 있는 걸 눈으로 확인한 것이다.

"맞아. 성율이 엄마가 우리 학교 학부모회장님이셔."

성율이 두 눈과 입이 활짝 펴졌다. 초대장을 더 자세하게 읽고 또 읽었다. 그리고는 또 물었다.

"우리 엄마가 제일 높아요?"

웃으며 대답했다.

"성율이 엄마가 우리 학교 어머니들을 대표하는 사람이지."

성율이 두 눈과 입이 더 활짝 펴졌다. 어깨도 으쓱으쓱했다.

"아, 그래서 우리 엄마가 운동회 때 위에 올라가 있었구나."

성율이는 5월에 있었던 운동회에서 조회대에 앉아 있던 엄마를 떠올리며 말했다. 성율이가 더 신나게끔 말을 보탰다.

"성율이 엄마가 전체 엄마를 대표해서 우리 학교 친구들 더 공부 잘하게 돕는 거야."

성율이는 누가 봐도 신이 난 얼굴로 다시 물었다.

"그럼 선생님하고 엄마 중에 누가 더 높아요?"

저절로 웃음이 났지만 정확하게 대답해 주었다.

"똑같아. 선생님은 학교에서 성율이 공부하는 걸 돕고 엄마는 집에서 돕잖아."

두 사람의 신난 대화를 듣고 있던 호영이가 한마디 던졌다.

"야! 엄마가 회장님인데 숙제도 안 해 오냐?"

호영이 말을 들은 두 사람 모두 웃었다. 한 사람은 큰 소리로 깔깔대며 웃었고, 한 사람은 겸연쩍은 미소로 웃었다. 성율이에게 귓속말로 물었다.

"회장님 따님, 숙제 또 안 해 올 거냐?"

성율이는 예쁜 미소로 대답했다.

"아니요~"

회장님 따님도 친구들도 신나는 학예회

함박웃음 추석 이야기

슬기로운 생활 시간. 이번 단원은 추석에 대해 알아보고 다른 세시 풍속과 비교해 보는 공부를 했다.

아이들에게 있어 추석은 어떤 의미일까? 내가 어렸을 때는 엄마가 가기 싫어하셨는데도 매번 우겨서 큰집에 갔던 기억이 난다. 입석 시외버스를 타고, 또 시내버스를 갈아 타고 도착한 큰집에서 사촌들과 함께 했던 좋은 추억은 지금도 차를 4시간 이상 타고 가는 힘든 길이지만 빠짐없이 가는 이유가 되었다.

추석을 제일 잘 알 수 있게 해 주는 그림책은 『솔이의 추석 이야기』이다. 여느 해와 마찬가지로 아이들에게 『솔이의 추석 이야기』를 들려주었다. 추석 전 솔이네가 선물도 사고, 목욕도 하고 준비로 한창이다. 아이들에게 옛날에는 집에서 목욕하지 않고, 한 달에 한 번

목욕탕에 갔었고, 특히 명절 전에 꼭 갔었던 얘기를 전해 주자 잘 이해가 되지 않는 표정이었다. 화장실이 없는 집을 본 적이 없으니 당연하겠다.

추석날 솔이네가 버스를 타고 막히는 도로를 가다 갓길에서 컵라면을 먹는 대목을 읽고 나서 아이들은 자신들의 귀향길 이야기를 하였다. 민서네는 솔이네보다 훨씬 차가 더 막힌다고 하고, 리한이네는 차가 안 막힌다고 했다. 버스를 타고 고향 가는 아이들은 한 명도 없었다. 아이들의 이야기는 내 추억도 불러일으켰다.

수원에 첫 발령을 받고 만난 첫 추석이었다. 그 당시는 명절 기차표를 미리 역에 가서 구입해야만 했다. 학교에 근무하는 터라 평일에 표를 구입하기는 불가능했다. 어떻게 고향에 가야 하나 고민을 하고 있을 때 선배가 거드름을 피우며 말했다.

"걱정하지 마. 고향 가게 해 줄게."

추석 전날 같은 고향이었던 선배를 따라 기차역으로 향했다. 매표소에는 이미 하행선 매진이라는 글자가 대문짝만 하게 붙어 있었다. 선배는 매표소에 가서 큰 소리로 외쳤다.

"서울 입석 2장이요!"

"엥, 부산이 아니라 서울이요?"

서울 가서 고속버스로 갈아 타려는 건가? 의심할 새도 없이 선배는 서울행 입석 기차표를 들고 반대편 부산행 무궁화호 기차에 올라탔다. 학교 선생님이 이런 불법을 저질러도 되나 하는 죄책감이 밀려왔다. 역에 내려서 어떻게 해야할지 걱정이 태산이었다. 기차문이 열리며 모자를 쓴 승무원의 모습이 보였다. 죄 지은 범인의 심정이 바로 이러할 거라는 생각이 들었다. 승무원 옷자락이 스쳐 지나갈 때는 가슴이 콩닥콩닥 터질 것만 같았다. 선배가 지나가는 승무원을 잡았다.

"표 좀 바꿔 주세요."

선배는 당당하게 승무원에게 말했다. 승무원은 그 자리에서 돈을 받고 부산행 표로 바꿔 주었다. 그 당시 잘 몰랐지만 표를 바꿔 주는 제도가 있었던 것이다. 그 뒤로는 명절마다 고향을 당당하게 갈 수 있었다.

다시 책 이야기로 돌아왔다. 추석을 지내고 늦은 밤 집에 도착했을 때 솔이와 동생은 잠이 들었고, 엄마는 짐 정리를 하고, 아빠는 누군가에게 전화를 걸었다.

"아빠는 누구에게 전화를 거는 걸까?"

"할머니요."

지우가 대답했다.

"아빠는 할머니께 뭐라고 하는 걸까?"

"잘 도착했다고요."

지우가 또 대답했다.

"그럼 우리가 할머니랑 아빠가 되어서 통화해 볼까? 누가 해 볼래?"

성혁이가 번쩍 손을 들었다.

"그럼, 성혁이는 할머니, 선생님은 아빠!"

두 사람은 휴대폰을 하나씩 나눠 가졌다. 할머니는 맨 뒷자리에, 아빠는 맨 앞자리에 자리를 잡았다.

"따르릉, 엄마?"

"잘 도착했냐?"

성혁이는 목소리도 할머니 흉내를 내어 아이들을 웃게 만들었다.

"네, 밤이 늦었는데 안 주무셨어요?"

곰곰이 생각하던 할머니가 대답했다.

"그래, 안 주무었다."

웃음이 저절로 튀어나왔다. 아이들은 내가 왜 웃는지 의아해했다. 성혁이가 묻기도 전에 또 다른 대답을 했다.

"전화 때문에 다시 일어난 거다."

성혁이 말 한마디 한마디가 웃음을 몰고 다녔다.

올 추석도 모든 가족들에게 함박웃음이 가득하길 바란다.

1학년이니까 실수할 수도 있지

"파리도 물어요?"

종이로 열심히 베 짜기를 하고 있는 진서를 파리가 왱왱거리며 괴롭혔나 보다. 종이를 지그재그로 끼우는데 열중하느라 오랜만에 조용했던 교실이 진서 말에 원래대로 돌아와 버렸다.

"파리도 물어!"

"아니야. 안 물어!"

"무는 파리도 있어!"

"파리는 안 문다니까! 그쵸, 선생님?"

『모기와 황소』라는 그림책에서는 파리가 황소를 물던데 뭐라고 대답을 할까 고민했다. 왱왱거리며 진서를 괴롭히던 파리가 분홍색 가방에 앉았다.

"파리가 예령이 가방에 앉았어!"

예령이가 온 얼굴로 기분 나쁨을 표하며 일어섰다. 예령이 입에서는 자기도 모르게 요상한 말이 튀어나왔다.

"아이씨!"

듣고 있던 승범이가 눈이 동그래지며 말했다.

"우와, 여자가 욕하는 거 처음 보네."

재우가 고개를 끄덕끄덕 흔들며 말했다.

"아이씨는 욕이지."

민재가 고개를 절레절레 흔들며 말했다.

"아니야, 아이씨는 욕 아니야."

성현이도 고개를 끄덕끄덕 흔들며 말했다.

"맞아, 그냥 나쁜 말이야."

갑자기 파리에서 욕으로 화제가 옮겨졌다. '아이씨'가 욕이냐 아니냐를 두고 남자아이들 사이에 논쟁이 벌어졌다. 의견이 분분할 만하다.

성현이가 해박한 지식을 이용해 강력한 한 방을 날렸다.

"아이씨는 욕 아니야. 프랑스 말로 죄송합니다야!"

승범이가 입을 실룩이며 낮은 목소리로 대답했다.

"우리나라에서는 욕이지."

남자아이들의 욕 논쟁을 가만히 듣고 있던 예령이가 나섰다.

"1학년이니까 실수할 수도 있지!"

터져 나오는 웃음을 꾹 참고 예령이에게 물었다.

"아이씨가 실수냐?"

정의의 사도 성현이가 예령이를 거들었다.

"맞아요. 선생님도 베 짜기 할 때 실수했잖아요."

씨익 웃으며 예령이에게 다시 물었다.

"예령이 이제 실수 안 할 거지?"

예령이는 고개를 끄덕이며 씨익 웃었다.

실수를 깔끔하게 인정한 예령이 덕분에 뜨거웠던 논쟁은 끝이 나고, 모두 베 짜기 세상으로 다시 빠져들었다.

가끔 실수는 하지만 베 짜기는 무사히 완성!

은혜 갚는 방법

"모기다!"

모기가 아침 자습을 하고 있는 동윤이를 공격하고 있었다. 민재와 성현이가 동윤이를 구하기 위해 나섰다. 두 손바닥으로 모기를 공격하지만 동윤이 피를 실컷 빨아 먹은 모기는 연신 아이들 공격을 피해 갔다. 얼른 자리에서 일어나 모기와 싸우고 있는 아이들 틈으로 들어갔다. 모기는 위아래 리듬을 타며 날아다녔다. 모기 리듬에 맞춰 따라가다 재빠르게 양쪽 손을 부딪쳤다.

"짝!"

손바닥을 펼치자 피를 흘리며 납작해진 모기가 드러났다. 성현이는 두 눈을 동그랗게 뜨고 큰 소리로 외쳤다.

"동윤이 은혜 갚아. 생명의 은인이야."

모기 한 마리 잡았다고 저렇게나 과한 칭찬을 해 대는 성현이가 귀여워 죽겠다.

듣고 있던 동윤이가 웃으며 말했다.

"어떻게 갚아야 하는데?"

모기 잡기에 동참했던 민재가 한마디 거들었다.

"잘해 줘야지!"

동윤이는 눈을 요리조리 굴리며 혼잣말을 해 댔다.

"어떡하지, 어떡하지."

"선생님 하고 싶은 거 해 주면 돼."

성현이가 은혜 갚는 방법을 더 자세히 알려 주었다.

아침 자습을 마친 아이들 하나둘 밖으로 나가고 동윤이 혼자 남았다. 요리조리 왔다갔다하며 머리를 짜내는 동윤이도 귀여워 죽겠다.

"선생님, 갚는 걸 말로 해도 돼요?"

"그럼! 해도 되지."

동윤이 표정이 훨씬 밝아졌다. 왔다갔다하던 발걸음을 멈추고 소리쳤다.

"드디어 생각났다!"

동윤이는 책상 가까이 다가와 수줍게 말했다.

"고맙습니다."

동윤이는 모기 한 마리 잡아 준 선생님에게 가장 큰 보은을 하고 운동장으로 신나게 뛰어나갔다.

'나도 고맙다! 동윤아!'

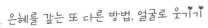
은혜를 갚는 또 다른 방법, 얼굴로 웃기기

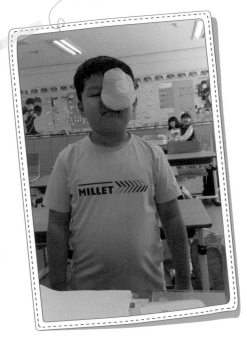

아빠가 엄마를 부를 때

오늘의 한글 공부는 'ㅈ'이다.

"'자' 글자가 들어가는 말은 뭐가 있을까?"

"자전거!"

"자두!"

"자라!"

"자동차!"

"자음자!"

"자매!"

하린이가 밝은 표정으로 대답했다.

"자기!"

웃으며 다시 물었다.

"집에서 누가 자기라고 부르냐?"

"엄마가 아빠한테 자기야라고 불러요."

"그럼 아빠는 엄마를 뭐라고 부르시니?"

"아빠는 그냥 당신이라고 불러요."

"우리 엄마도 자기라고 불러요."

듣고 있던 민재도 거들었다.

"그럼 아빠는?"

민재는 방긋 웃으며 대답했다.

"아빠는 엄마 이름 불러요. 진숙아!"

예림이네도 엄마, 아빠가 서로 이름을 부른단다. 아빠가 나이가 더 많은데 친구처럼 지내고 싶어 그런가 보다고 자기 생각을 덧붙였다.

아이들 이야기를 듣고는 우리 집 호칭도 돌이켜 보았다. 결혼하기 전에는 뭐라고 불렀는지 기억이 가물가물하고, 큰아이를 낳고는 줄곧 '정현 엄마'라고 불러왔다. 요즘은 공부하러 나간 큰애 대신 작은 아이 이름을 넣어 '정호 엄마'라고 부르려고 노력 중이다. 작은 아이 자존감을 높여 주기 위한 아빠의 작은 배려인 줄 알려나 몰라.

요즘 엄마, 아빠들은 뭐라고 부르는지 더 들어 보기로 했다. 효진 이네는 엄마는 '여보', 아빠는 뭐라고 부르는지 몰라 숙제로 알아 오기로 했다. 동윤이네는 엄마, 아빠 모두 '여보'라고 부른단다. 재우네 는 아빠가 엄마한테 뭐라고 부르는지 모르겠고, 엄마는 '자기야'라고 부른단다.

성현이도 손을 슬쩍 들었다.

"엄마는 아침에 아빠에게 직접 얘기하지 않고 동생한테 일어나라고 해요."

정윤이는 발표 기회를 주지 않았는데도 대답했다.

"엄마가 아빠한테 '야'라고 불러요."

"엄마가 매일 그렇게 부르는 건 아니지?"

"네."

사이가 매일 좋을 수야 없지. 예령이도 손을 들었다.

"안 불러요. 이름도 안 부르고 여보라고도 안 불러요. 그냥 반말해요."

진서네는 아빠는 '여보', 엄마는 '오빠'라고 부른단다. 진서 절친 소윤이네는 엄마는 아빠한테 '오빠', 아빠는 엄마한테 '자기'라고 한단다.

대부분 '여보', '자기', '오빠'가 많았고, 서로 이름을 부르는 경우도 있었다. 아이를 낳고 누군가의 엄마로만 사는 아내 호칭을 다시 생각해 봐야겠다.

'여보!'

아내가 늘 부르지만 내가 쓰기는 왠지 어색하다.

'자기!'

'자기 벌써 자기야'라고 우스갯소리 할 때나 가끔 썼는데 계속 쓰기는 남들 보기 부끄럽다.

'연숙아!'

그래, 사랑하는 아내의 이름을 찾아 주겠어. 민재나 예림이네 부모님도 호칭만큼 사이가 무척 좋아 보였다. 오늘 이후에는 아내의 이름을 불러 주기로 굳게 마음먹었다.

"발표 안 한 사람 없지?"

성현이가 손가락으로 가리키며 대답했다.

"승범이 발표 안 했어요!"

물끄러미 쳐다보는 승범이랑 눈이 마주쳤다.

"승범이 엄마는 아빠를 뭐라고 불러?"

"자기요."

승범이네 엄마, 아빠도 사이가 아주 좋은 부부였다. 역시 기대를 저버리지 않았다.

"그럼 아빠는?"

옅은 미소를 띠며 승범이가 대답했다.

"이쁜이!"

아이들 웃음소리가 온 교실에 울려 퍼졌다.

아내를 만날 퇴근 시간이 기다려진다.

'이쁜아, 기다려라. 오빠가 간다!'

2부

눈여겨보다

물웅덩이는 눈여겨봐야 한다

오늘 하루 일과에 대해 안내했다. 공부하고, 점심 먹고, 이 닦고, 다섯 명 누구누구는 방과 후 활동으로 가고, 나머지 친구들은 돌봄 교실로 가라고 전했다.

"선생님, 전 칫솔 없어요."

아직 치약, 칫솔이 준비가 되지 않아 이를 닦고 갈 수 없다고 성율이가 강조하고 나섰다. 듣고 있던 태식이가 한마디 했다.

"내 꺼 빌려줄까?"

부부 사이에도 잘 빌려주지 않는 칫솔을 반 친구에게 빌려주려는 태식이 마음이 따뜻하다.

교실에서 교통 안전에 대해 이야기를 주고받고 교실 밖으로 나갔다. 교문을 지나 인삼밭을 따라 큰 길까지 걸어 나갔다. 횡단보도 울타리 너머로 차들이 지나가는 모습을 구경했다. 큰 차가 쏜살같이 지나다 아이들을 보자 속도를 줄이기도 하고, 빨간불이 켜지자 정지선에 멀찌감치 서는 차들이 신기했다. 횡단보도에 서 있는 방법, 건너는 방향 등에 대해 자세히 설명하고 있는데 노란색 어린이집 버스가 지나갔다.

"어, 어린이집 버스다."

운전하던 기사 아주머니가 활짝 웃으며 손을 흔들어 주셨다. 어린이집 출신과 상관없이 모든 아이들이 손을 힘차게 흔들었다. 일주일 전엔 어린이집 원아였던 아이들이 지금은 초등학생이 되어 체험 학습을 나와 있다. 일주일이지만 엄청난 변화에 잘 적응하고 있는 아이들이 대견스러웠다.

다시 학교로 돌아와 병설 유치원 놀이터로 향했다. 놀기는 유치원 놀이터가 최고다. 놀이터에서 안전하게 놀기에 대해 설명하고 술래잡기를 했다. 술래잡기를 하던 중 다경이가 화장실을 가고 싶다고 했다. 학교 밖에는 화장실이 없어 우리가 원래 쓰던 곳으로 가야 한다고 설명하고 다경이를 보냈다. 잠시 후 태식이도 화장실을 가고 싶다고 해서 다경이와 똑같이 설명하고 화장실로 보냈다. 화장실을 다녀온 아이들과 다시 술래잡기를 몇 차례 더 한 후 한 줄로 서서 교실로 향했다. 유치원 창문 앞을 지나려는데 길 가운데 물이 고여 있었다. 유치원 처마에서 떨어진 물인가 하고 하늘을 쳐다보았지만 물이 떨어진 흔적은 없었다. 고여 있는 물을 자세히 보자 옅은 노란색을 띠

고 있었다. 웅덩이 가장자리에는 하얀 거품도 피어 있었다. 머릿속에
한 아이의 얼굴이 떠올랐다.

"얘들아, 물 밟지 말고 지나가세요. 태식이는 잠시 남아."

아이들을 교실로 보내고 태식이와 마주 섰다.

"네가 여기 오줌 쌌냐?"

태식이는 아무 말 없이 눈만 깜빡거렸다.

"선생님은 오줌만 봐도 누구 건지 알아."

태식이는 더 커진 눈만 깜빡거렸다.

"오줌이 급해도 아무 데나 싸면 안 돼. 알겠지?"

"네."

학교 안에 갑자기 생긴 물웅덩이는 눈여겨봐야 한다.

오줌 웅덩이 만든 사람 누구게?

＊술래에게 잡히지 않으려면

"운동장으로!"

오늘은 입학하고 처음으로 운동장 놀이를 했다. 봄을 시샘하는 꽃샘추위였지만 아이들에게는 전혀 문제가 되지 않았다. 평소 말이 없던 주완이도 엉덩이를 좌우로 실룩거리며 친구들을 따라나섰다. 입학식 날 주완이 할머니가 하신 걱정스런 말씀이 떠올랐다.

"주완이가 글도 모르고 말이 너무 없어요."

할머니 말씀대로 주완이는 평소 말이 적었다. 친구들과 잘 어울려 놀기는 했지만 목소리를 들으려면 귀를 더욱 곤두세워야 간신히 들릴 정도였다.

하지만 전혀 말이 없는 건 아니었다. 『꿈틀이를 찾아 줘』라는 그림책을 읽어 주고, 이야기를 나누는 시간이었다. 여러 친구들에게 조금씩 자기 잠자리를 양보하고는 애벌레 꿈틀이는 결국 사라지고 말았다.

"친구들이 꿈틀이를 찾는 이유가 뭘까요?"

곰곰이 생각하던 아이들 속에서 주완이가 수줍게 손을 들고 조용한 소리로 대답했다.

"고맙다고 하려고요."

발표도 놀라웠지만 책 속에 담긴 의미도 정확하게 알고 있는 점이 더욱 놀라웠다. 주완이는 단지 수줍음이 많은 아이였다.

운동장으로 나간 아이들과 놀이기구를 탐색했다. 미끄럼틀, 시소, 그네 등을 차례차례 체험한 후 유치원 놀이터로 향했다.

"얘들아, 술래잡기 하자! 선생님부터 술래!"

유치원 놀이기구 사이를 요리조리 오고가며 술래를 피해 다니기는 재미있지만 힘이 많이 들었다. 가윤이, 우주, 민서가 쉬고 싶다고 했다. 술래잡기가 끝날 동안 아이들은 한쪽에 놓여 있는 장난감 집에서 소꿉놀이를 하기로 했다.

예린이가 술래였다.

"열 센다!"

아이들은 우르르 놀이터 곳곳으로 퍼져 나갔다. 달리기가 빠른 리한이와 효섭이는 벌써 놀이기구 꼭대기에 자리를 잡고 섰다. 한쪽에 엉거주춤 서 있던 수줍은 주완이가 미처 도망을 가지 못했다. 주완이는 예린이 눈을 피해 소꿉놀이를 하고 있는 장난감 집으로 슬그머니

숨어 들어갔다. 그러나, 안타깝게도 주완이는 장난감 집 뚫린 창문으로 술래인 예린이와 눈이 마주치고야 말았다. 예린이는 서서히 장난감 집으로 다가갔다. 오도 가도 못하는 주완이는 어쩔 줄 몰라 했다. 그때 같이 장난감 집에 있던 민서가 밖으로 빠져나갔다. 한 발짝 앞으로 다가온 예린이가 손을 주완이에게 뻗었다. 주완이는 예린이 손을 뿌리치며 밖으로 걸어 나왔다. 주완이는 큰 소리로 먼저 걸어 나가는 민서를 불렀다.

"여보! 어디 가!"

수줍은 주완이가 술래에게 잡히지 않기 위해 순간적으로 생각해 낸 방법은 소꿉놀이 하는 척이었다.

우리 주완이는 정말 수줍은 아이일까?

그래도 지구는 돈다

재우가 우기는 모습을 본 건 입학하고 얼마 되지 않아서였다. 짝꿍인 동윤이가 씩씩거리며 일렀다.

"선생님, 재우가 때렸어요!"

재우를 불러 놓고 물었다.

"재우야, 동윤이 때렸니?"

"아니요. 안 때렸어요!"

동윤이는 더욱 씩씩거렸다.

"아니에요. 배를 이렇게 때렸어요."

듣고 있던 재우가 되받아쳤다.

"안 때렸어요! 너도 때렸잖아!"

직접 본 게 아니라서 앞으로 싸우지 말라고 타이르고, 자리를 바꿔 재우를 정윤이와 앉게 했다. 다툼이 잦을 때는 거리를 두는 것도 좋은 방법이다. 정윤이는 재우와 친척 사이라 다툼도 적을 것 같았다.

며칠이 지나서였다. 아침 활동으로 색칠을 하던 중 시끄러운 소리가 들려 쳐다보았다. 재우와 정윤이가 투닥거리는 소리였다. 재우가 화가 났는지 정윤이 옷을 잡아당겼다. 정윤이는 울면서 쪼르르 달려 나왔다.

"선생님, 재우가 옷 잡아당겼어요."

재우를 불렀다.

"재우야, 옷 잡아당겼니?"

"아니에요. 안 당겼어요."

이번에는 분명히 두 눈으로 본 일이라 단호하게 물었다.

"선생님도 봤어. 네가 정윤이 옷 잡던데."

"아니에요. 안 잡아당겼어요!"

아이들 눈을 피해 재우를 데리고 복도로 나갔다.

"당긴 것보다 사실대로 말하지 않는 게 더 나빠. 옷 당겼니?"

"아니에요. 안 당겼어요."

질문을 바꿨다.

"한 번 당겼어? 두 번 당겼어? 아님 세 번이냐?"

재우는 눈알을 몇 번 굴리더니 조용히 대답했다.

"한 번이요."

사실대로 말하지 않은 것과 옷을 잡아당긴 것에 대한 잘못을 알리고, 앞으로 그러지 않길 바란다고 전하고 교실로 들어섰다. 따라 들어오던 재우가 나의 뒤통수에 대고 말했다.

"안 당겼어요."

그래도 지구는 돈다고 한 갈릴레이가 우리 교실에도 있었다.

재우가 보여 준 우기기의 절정은 오늘 아침이었다. 웬만해선 큰 소리치지 않는 예림이와 다투는 소리가 들려왔다.

"우리 형 대학교 가!"

"아니야, 중학생이잖아!"

학교 입학하고 예림이 입에서 나온 목소리 중에서 제일 큰 소리였다. 뭔가 확신에 찬 목소리였다.

"아니야, 우리 형 대학교에 가!"

"아니잖아!"

곰곰이 생각해 보니 재우 형은 지난해 졸업해서 가까운 중학교에 다니는 재학이었다. 그리고 예림이 오빠도 재학이랑 함께 졸업해서 같은 중학교를 다니고 있는 게 떠올랐다. 예림이도 이 사실을 알고 하는 소리였다.

"이놈아, 너희 형 재학이잖아. 중학교 2학년인데 무슨 대학을 가냐?"

재우는 옅은 미소를 띠며 조용히 한마디 했다.

"아닌데. 우리 형 대학교 가는데."

건강 검진

"선생님, 껌 나눠 줘도 돼요?"

아침 일찍 학교에 온 다경이가 껌 두 통을 보여 주며 물었다.

"나중에. 건강 검진 끝나고 나눠 줘."

오늘은 건강 검진이 있는 날이다. 도시 학교에서는 지정된 병원으로 가서 치과와 건강 검진을 받으면 결과표를 학교로 보내 온다. 그러나, 시골의 작은 학교에서는 아이들이 병원에 가기 힘들기 때문에 직접 와서 검진을 해 준다.

학교 예체능실에 건강 검진실이 꾸며졌다. 병원 건강 검진실이 통째로 옮겨 왔다. 복도에서부터 소변 검사가 이루어졌다. 소변 검사용 종이 막대를 한 장씩 나눠 주고 검사 방법에 대해 설명을 들었다.

"선생님, 소변이 뭐예요?"

다경이의 해맑은 질문이었다.

"오줌이야."

"맞아. 똥은 대변이죠?"

한울이의 똑똑한 보충 설명이었다. 종이 막대 하나씩을 들고 모두 화장실로 향했다. 남자 아이들을 따라 화장실로 들어갔다. 몸이 날랜 동찬이와 쌍둥이는 금방 막대에 오줌을 묻혀 밖으로 나갔다. 태식이는 친구들이 소변 검사 하는 것을 볼 새도 없이 나가 버리자 어쩔 줄 몰라 했다.

"오줌을 누면서 거기에 맞혀."

태식이는 바지를 내리고 오줌을 누기 시작했다. 종이 막대와 오줌이 만나지를 못하고 있었다. 한 손은 바지를 다른 한 손은 막대를 쥐고 움직이는 오줌을 맞히려고 노력하였다. 하지만 움직이는 오줌은 종이 막대가 아니라 태식이 손을 계속해서 맞혔다. 오줌이 온 데로 튀었다. 구경하던 선생님도 피할 수가 없었다. 태식이 운동신경으로 막대에 오줌을 맞히는 건 불가능에 가까웠다. 태식이가 들고 있던 막대를 잽싸게 낚아챘다. 이미 많은 시간이 흐른 뒤라 오줌발이 약해져 있었다. 이 순간을 놓치면 기회를 잃을 것 같아 정신을 집중하여 막대를 갖다 댔다.

"성공!"

태식이에게 종이 막대를 건네주고 화장실에서 내보냈다. 손을 씻고 나오려는데 조용히 구석에서 오줌을 누고 있던 호영이를 발견했다.

"뭐 하냐? 성공했니?"

"아니요."

호영이에게 무슨 일이 있었는지 알 수 없었지만 태식이와 별반 다르지 않았으리라. 가까이 다가가 보니 깨끗한 종이 막대를 쥐고 가만히 서 있었다. 태식이처럼 종이 막대를 건네받았다.

"오줌 눠. 선생님이 묻혀 줄게."

호영이는 엉덩이에 힘을 모았다. 인상에서 얼마나 힘을 주는지 알 수 있었다.

"안 나와요."

이미 다 써 버린 탓에 나올 게 없었다. 큰일이었다. 다음 오줌이 나올 때까지 기다릴 수 없었다. 건강 검진팀이 다음 학교로 가야 하기 때문에 정해진 시간 안에 끝내야만 했다. 자세히 들여다보니 호영이 고추 끝부분에 오줌 한 방울이 달려 있었다. 종이 막대를 얼른 가져다 댔다. 한 방울의 오줌은 종이 막대에 슬며시 젖어 들었다.

"성공!"

소변 검사를 무사히 마치고, 신체검사를 실시했다. 키와 몸무게를 쟀다. 언제, 어디를 가도, 누가 가르쳐 주지 않아도 키 재기를 할 때 까치발은 본능인가 보다. 시력검사를 할 때 힐끗힐끗 쳐다보고 외우는 것도 본능인가 보다.

무사히 신체검사도 마치고, 마지막으로 혈액형 검사만 남았다. 아이들 표정에 웃음이 사라졌다. 생각하지도 못했던 바늘이 나타나 모두들 긴장하기 시작했다. 특히 다경이가 그랬다.

"김다경!"

이름이 불린 다경이 두 눈에서 닭똥 같은 눈물이 뚝뚝 떨어졌다.

"못하겠어요."

눈물이 쉴 새 없이 흘러내렸다. 다른 친구들이 맞는 모습을 보면 용기를 낼 수 있을 것 같았다. 뒷 번호 친구들이 먼저 검사를 시작했다. 용감한 쌍둥이와 아무렇지도 않은 듯 능청스럽게 맞는 호영이가 보란 듯이 피를 뽑았다.

다음 차례인 은서는 자리에 앉자마자 눈물이 줄줄 흘러내렸다. 피한 방울 뽑는 데에도 아이들 성격과 특징이 그대로 드러났다. 겁이 나지만 어쩔 수 없이 맞을 수밖에 없다는 걸 아는 은서는 묵묵히 눈물과 함께 피한 방울을 뽑았다. 질끈 눈을 감은 성율이도 피한 방울을 뽑았다. 성율이 피는 유리판 위에 있던 약품과 섞여 금방 혈액형이 정해졌다.

"B형!"

나 보고 못생겨서 싫다고 하는 성율이는 굳이 검사하지 않아도 B형일 줄 알았다.

평소 씩씩한 소정이가 가볍게 피를 뽑은 후 태식이 차례가 되었다. 태식이는 말없이 고개만 흔들었다. 자리에 앉게 하자 엉덩이를 뒤로 빼고 바닥에 주저앉았다. 병원 직원들이 하나둘 모여들었다. 직원 여러 명이 태식이를 둘러쌌다. 병원 직원들은 태식이를 움직이지 못하게 꽉 붙들었다.

"지금 안 하면 병원으로 와야 해."

아이가 겁에 질려 있어 억지로 피 뽑는 일을 말리려다 병원 직원이 하는 말에 멈춰서고 말았다. 할머니랑 사는 태식이가 시내에 있는 병원까지 다녀올 걸 생각하니 말릴 수가 없었다. 고개를 옆으로 돌렸다. 태식이는 끽소리도 없이 피 한 방울을 뽑히고야 말았다.

동찬이까지 끝나고 마지막으로 다경이만 남았다. 다경이에게도 태식이처럼 병원 직원들이 몰려들었다. 한 명이 다경이 손을 강하게 잡았다. 다경이가 겁에 질려 비명을 질렀다. 직원에게 잡혀 있던 다경이 손을 놓게 하고 가슴에 끌어안았다.

"다경아, 무섭지? 그래도 검사해야 돼. 안 그러면 병원 가서 해야 돼. 할아버지, 할머니가 얼마나 힘드시겠냐?"

"못하겠어요. 자신이 없어요."

눈물만 줄줄 흘리는 다경이가 너무 안쓰러웠다. 옆에서 지켜보던 친구들이 다경이에게 힘을 주었다.

"안 아파."

"맞아, 하나도 안 아파."

모두들 하나가 되어 한목소리로 외쳤다.

"김다경! 김다경! 김다경!"

그래, 친구들의 응원이면 분명 용기 낼 수 있으리라.

"못하겠어요."

그러나, 다경이는 여전히 바늘과 마주할 용기가 없었다.

"선생님, 이제 가야 합니다."

모든 정리가 끝난 병원 측에서는 빨리 결정하기를 바랐다. 어떤 결정을 해야 할지 판단이 서지 않아 다경이 할아버지께 전화를 드려 여쭈었다.

"힘드시겠지만 검사 좀 해 주세요."

할아버지와 통화가 끝나고 검사가 시작되었다. 다경이는 태식이보다 훨씬 강하게 저항했다. 병원 직원들이 총동원되어 다경이를 꼼짝 못하게 만들었다. 바늘이 다경이 손가락을 찔렀다.

"악!"

한마디 외침과 함께 검사가 끝났다. 남은 짐을 서둘러 정리하고 병원 사람들은 학교를 떠났다. 아이들을 교실로 데리고 왔다. 다경이는 여전히 눈물을 줄줄 흘리고 있었다.

"다경아, 가져온 껌 친구들 하고 나눠 먹어."

생각을 다른 데로 돌려 보려고 했다. 다경이는 가져온 껌을 꺼내 친구들에게 나누어 주었다. 껌을 주고받으면서 친구들이 들려주는 고맙다는 소리에 다경이 눈물이 조금씩 줄어들었다. 껌을 받은 친구들은 하나둘씩 운동장으로 뛰어나갔다.

"선생님도 껌 하나 줄래?"

다경이가 건네 준 껌을 입에 넣고 손을 잡았다.

"힘들었지?"

"아파요. 무서웠어요."

다시 다경이의 눈에서 눈물이 소리 없이 흘러내렸다. 옆에서 지켜 보던 은서가 물었다.

"선생님, 저는 무슨 형이에요?"

우느라 확인하지 못한 혈액형이 궁금한 모양이었다.

"너는 미인형!"

은서의 빨갛게 충혈된 눈에 웃음이 가득했다.

"나는요?"

다경이도 웃으며 물었다.

"다경이? 너는 우는형!"

키재기에 뒤꿈치 들기 있기? 없기!

★ 무슨 일이든 때가 있다

아이들과 함께 교실 정리를 했다. 책상 주변을 정리하고, 버려야
할 물건도 정리했다. 아이들도 자기 자리를 작은 빗자루로 청소했다.

"뭐 하세요?"

청소를 하다 말고 성율이가 가까이 다가와 물었다.

"응, 정리."

컴퓨터 모니터를 닦다 옆에 놓여 있던 빈 병을 발견했다. 분리수거
장에 갖다 버리려다 옆에 있는 성율이가 눈에 들어왔다.

"성율아, 너 이 병 어디 버리는 줄 아니?"

"네, 알아요."

입학하고 얼마 되지 않아 아이들과 분리수거장에 갔었다. 분리수
거장에는 종류별로 크게 이름을 써 놓고, 그 밑에 마대 자루를 걸어

놓았다. 쓰레기는 쓰레기통에 다 버리지 않고, 병, 비닐, 플라스틱, 종이, 캔으로 분리해야 함을 강조했었다.

"성율아, 이 병 버리고 올 수 있니?"

"네, 있어요."

우리 성율이는 해맑음으로 똘똘 뭉친 아이다. 웃는 모습이 너무 예쁘고, 말도 싹싹하게 잘하며, 붙임성도 좋아 많은 이야기를 주고받는 아이였다. 그런데 성율이는 아직 한글을 읽고 쓰는 데 어려움을 느낀다. 실수로 쓰는 글자도 웃기기 그지없다. '어머니'를 '어머리'로 써서 틀렸다고 고치라고 하자 '아니 뭘 이렇게 쉬운 걸 틀렸지' 하는 표정으로 피식 웃으며 점 하나를 더 찍었다.

'어머라'

'병류', '캔류'라고 쓰여 있는 분리수거장 글자를 읽고 병을 제대로 버리고 올 수 있을지 의문이 들었다. 성율이에게 병을 버려 달라고 부탁했다. 그래도 혹시나 하는 생각으로 성율이를 앞장세우고 두어 발짝 뒤에서 따라갔다. 병을 들고 분리수거장에 들어간 성율이는 잠시의 머뭇거림도 없이 마대 자루를 눈으로 쓰윽 살피더니 한 곳에 병을 던져 넣었다.

"쨍그랑!"

병과 병이 부딪치는 선명한 소리는 성율이를 믿지 못했던 마음을 깨끗이 씻어 주었다. 아이들이 글을 몰라 많이 불편하고, 힘들 거라는 걱정은 온전히 어른의 생각이었다. 아이들은 그 나름으로 글자가 없어도 생활하거나 놀이를 하는 데 큰 불편이 없었다. 한글을 모르는 아이 부모가 선생님께 죄송함을 표현하고, 글을 모르는 아이를 맡은 담임 선생님은 알게 모르게 한글을 깨우치게 해야 한다는 부담을 짊어지는 경우가 많다. 그래서 아이들을 늦게까지 남겨 똑같은 글자를 여러 번 반복해서 쓰게 하고, 금방 가르쳐 준 글자를 모른다고 구박하곤 한다.

무슨 일이든 다 때가 있다. 한글을 깨치는 데도 때가 있다. 저마다 다 똑같을 수는 없으니까.

돌아오는 길엔 성율이 손을 잡고 걸었다.

"성율아, 너 종이도 버릴 줄 아냐?"

"네, 알아요."

"좋다. 그럼 오늘부터 네가 분리수거 담당이야."

"네, 선생님."

움츠린 개구리가 멀리♥ 뛰는 법!
믿고 기다려 주실 거죠?

학부모 공개 수업

"할머니, 오늘 1시에 태식이 공부하는 거 보러 오실래요?"

태식이가 예방 접종으로 늦는다는 소식을 전해 준 할머니께 오늘 있을 학부모 공개 수업에 오시라고 말씀드렸다. 목소리에서 손자 공부하는 모습을 볼 수 있다는 반가움이 전해져 왔다.

3교시가 막 시작했을 때 태식이가 교실로 들어왔다. '봄' 교과에서 '생명'에 대한 공부를 하고 있었다. 생명이란 살아 있는 것을 말하고, 작은 생명들도 소중하게 여기고 보호해야 함에 대해 이야기를 나누었다. 글자 공부 단골 손님인 '모기, 파리'를 칠판에 크게 적었다.

"파리, 모기는 어떻게 해야 할까? 잡아야 하나? 생명이니까 보호해야 할까?"

생각할 시간을 충분히 준 후 발표를 했다. 제일 먼저 호영이가 손을 번쩍 들었다.

"파리는 우리 밥에다 똥을 싸요. 그래서 잡아야 해요."

듣고 있던 동찬이가 자기 의견을 정확하게 이야기했다.

"파리는요, 간지럽히니까 괜찮고요. 모기는 물어서 빨갛게 되니까
잡아야 해요."

예방 접종을 맞고 온 태식이를 예로 들었다. 모기는 잘못 물리면
목숨을 잃을 수도 있어 주사를 맞는다고 했다. 듣고 있던 태식이가
옷을 걷어 올리며 주사 맞은 곳을 자랑스럽게 내밀었다.

"여기예요, 여기!"

모기나 파리도 생명이지만 그보다 우리 생명을 위험하게 할 수도
있음을 이야기하자 모두 고개를 끄덕였다.

점심을 먹고 5교시 학부모 공개 수업 준비를 하고 있었다. 태식이
가 할머니 언제 오냐고 물었다. 수업하기 전에 오실 거라고 잠시만
기다리라고 했다.

"우리 엄만 언제 와요?"

옆에서 지켜보던 동찬이가 물었다. 지난번 학부모 공개 수업 참관
신청서에 동찬이 어머니는 참석할 수 없음을 적어 보내셨다. 평소에
도 바빠서 학교에 자주 올 수 없는 동찬이 어머니셨다. 3월에 있었
던 학부모 상담도 6학년인 동찬이 누나랑 했었다.

"엄마가 혹시 못 오셔도 열심히 공부하는 모습 사진 찍어서 보내
줄게."

오늘 수업에서는 부모님께 그동안 글자 공부한 실력을 보여 주기로 했다.

첫 번째 활동은 모둠별로 한글 음절표 글자를 조합하여 낱말 많이 만들기를 했다. 모둠별로 종이에 만들 수 있는 글자를 죄다 쏟아 부었다. '너구리'를 '더구리'로 써놓은 성율이의 애교 같은 실수는 모두를 즐겁게 만들어 주었다.

두 번째 활동으로는 선생님이 보여 주는 낱말 카드를 보고 친구들에게 설명해서 맞히기였다. 한 번도 안 해 본 활동이라 아이들이 잘할 수 있을지 의문이 가고, 살짝 불안하기도 했다.

제일 먼저 나온 호영이가 보여 준 카드를 설명했다.

"이것은요, 피를 빨아먹어요. 아까 생명 공부하면서도 배웠어요."

"모기!"

"정답!"

맞춘 사람이 나와서 그 다음 문제를 냈다. 아이들이 맞추지 못한 문제는 부모님께도 기회를 드렸다. 호영이 엄마가 답을 맞춰 새로운 문제를 냈다.

"이건 노랗고 길어요. 속은 흰색이에요. 아주 맛있어요."

태식이가 손을 번쩍 들었다.

"태식이!"

호영이 엄마가 태식이를 시켰다.

"하마!"

이번 가을에는 태식이를 데리고 꼭 동물원 체험 학습을 다녀와야겠다.

어느덧 수업을 마무리할 시간이 다가왔다. 열심히 공부한 친구들을 칭찬하고, 바쁘신데도 와 주신 부모님, 할아버지, 할머니께도 감사 인사를 드렸다.

"선생님, 나는 안 했는데요?"

마무리 인사가 거의 끝나갈 때쯤 동찬이가 말했다. 말하는 아이 두 눈이 발갛게 물들어 있었다. 눈물도 그렁그렁했다.

"어, 동찬이 한 번도 안 했니?"

낱말 카드 문제 내기를 한 번도 못해 봤다고 했다. 모두 한 번씩 다 했다고 생각했는데 동찬이가 수업 앞부분에 여러 번 발표한 걸 착각한 것 같았다. 엄마가 안 와서 속상한 아이에게 또 한 번 마음을 아프게 한 것 같아 너무너무 미안했다. 마무리 하려던 수업을 다시 펼쳤다. 카드 한 장을 다시 꺼내 들었다.

'기차'

책상 밑에서 카드를 동찬이에게 보여 주었다. 카드를 본 동찬이가 고개를 끄덕였다. 눈빛에 자신감이 흘러넘쳤다. 동찬이의 문제 설명이 시작되었다.

"이것은 깁니다."

'그렇지, 우리 동찬이 잘한다!'

계속 동찬이 설명이 이어졌다.

"이것은 맵습니다."

응? 고개가 절로 갸웃거려졌다. 기차 연기가 눈을 맵게 하는 건가?

마지막 우리 동찬이의 웃기면서, 슬픈 설명을 듣고 웃지 않을 수 없었다.

"이것은 초록색입니다. 빨간색도 있습니다."

동찬아!

엄마, 아빠가 보시니 공부가 더 신나요!

★산 모양 시옷

글씨 바르게 쓰기 교재로 바른 글씨 쓰기 연습을 했다. 받침 없을 때와 받침 있을 때의 글자 모양에 대해 열심히 설명하고, 교재에 쓰여진 글자를 따라 썼다.

아이들 사이를 돌아다니며 살펴보다 한울이 글자 모양에서 이상한 점이 발견되었다. '으스스' 글자 속에 들어 있는 'ㅅ'이 '사람인'자 모양이 아니라 하나는 '들입' 모양이고 하나는 두 획이 똑같이 생긴 산 모양이었다. 아이들에게 글자 쓰기를 잠시 멈추게 하고 칠판에 'ㅅ' 쓰기를 설명했다.

첫 획을 길게 쓰고, 두 번째 획을 첫 번째 획 밑에 짧게 써야 함을 강조했다. 거꾸로 쓰면 안 되고, '산'처럼 써도 안 된다고 더욱 강조했다.

하루 수업을 정리하고 알림장을 썼다. 인터넷 알림장에 내용을 적어 넣었다.

> ## 알림장
>
> 1. 글씨 쓰기 14, 15쪽 숙제
>
> 2. 손 깨끗이 씻기. 끝.

어려운 낱말을 열심히 받아쓰던 중 갑자기 한울이가 손을 들고 질문했다.

"선생님, 선생님은 왜 시옷을 산처럼 써요?"

뜬금없는 한울이 질문이 이해가 되지 않아 물었다.

"선생님이 어디에 산처럼 썼냐?"

"저기요."

한울이가 가리킨 곳은 텔레비전 화면 속 알림장이었다. 한울이 말처럼 알림장 속 시옷이 온통 산 모양이었다. 알림장 글씨체가 굴림체라 시옷이 모두 산 모양을 하고 있었다.

"맞네. 근데 이건 선생님이 고칠 수가 없어."

굴림체로 지정되어 있는 프로그램이라 글씨체를 고칠 수가 없었기 때문이다. 그때부터 갑자기 아이들 사이에 논쟁이 시작되었다.

"고칠 수 있어요. 껐다 켜면 돼요."

동찬이가 자신 있는 목소리로 말했다.

"아니야. 선생님도 못 고쳐. 이건 컴퓨터가 하는 거야."

태식이가 선생님 편을 들어주었다.

"맞아. 컴퓨터는 못 고쳐."

옆에 있던 한울이도 못 고치는데 한 표를 던졌다. 타당한 이유나 근거는 없었다.

"고쳐!"

"못 고쳐!"

자신의 의견을 굽히지 않는 아이들의 목소리가 점점 더 커지고, 논쟁은 더욱 커져 가고 있었다.

친구들 주장을 듣고만 있던 호영이가 쪼르르 선생님 자리로 걸어 나왔다. 뭔가를 유심히 쳐다보던 호영이는 아이들에게 큰 소리로 외쳤다.

"선생님도 못 고쳐!"

모두 하던 일을 멈추고 호영이를 쳐다보았다. 호영이는 선생님도 못 고치는 정확한 이유를 설명했다.

"봐 봐. 키보드가 산 모양이잖아. 그러니까 선생님도 못 고쳐!"

"어디? 어디?"

아이들이 우르르 호영이가 보고 있던 키보드 앞으로 모여들었다.

호영이가 가리키는 키보드에는 정말 시옷이 'ㅅ' 모양을 하고 있었다. 고칠 수 있다고 주장했던 동찬이도 고개를 끄덕이며 마지막으로 한마디 했다.

"어, 맞네. 산 모양이네."

논쟁 끝.

사랑의 꽃 장수

아이클레이를 이용해 봄꽃 만들기를 했다. 먼저 영상을 여러 번 함께 돌려 보았다. 심을 만들고, 주변으로 꽃잎을 하나씩 붙여 가는 방법이었다. 똑같은 영상을 보고 만든 꽃이지만 참 다양한 모양이 나온다. 하린이는 백합처럼 꽃잎이 큰 꽃을 만들었고, 민재는 잎이 아주 두꺼운 꽃을 만들었다.

"힘들어요."

꽃잎 만들기가 쉽지 않은가 보다. 꽃잎은 아이클레이를 콩알만큼 떼서 돌돌 말아 물방울처럼 만들고, 손바닥으로 살짝 누르면 된다. 아이들은 물방울 모양 만들기부터 힘들어 했다. 아이들을 둥글게 앉혀 놓고 시범을 보여 주었다. 꽃잎이 한 장, 한 장 쌓여 가니 모양이 그럴 듯했다.

"갖고 싶다!"

진서가 진심 가득한 눈망울로 쳐다보며 말했다. 진짜 꽃도 아닌 어설픈 작품을 갖고 싶어 하는 순수한 마음을 가진 진서가 예뻤다.

"옜다!"

"우와!"

진서는 뛸 듯이 기뻐했다.

시범을 본 뒤로는 아이들 작품이 훨씬 좋아졌다. 조금씩 꽃잎이 만들어지는 모습이 신기했다. 아이들과 함께 꽃을 하나 더 만들었다. 빨간색, 하얀색 아이클레이를 섞어 분홍 꽃을 만들었다. 처음 꽃보다 더 잘 만들어졌다. 분홍색 꽃잎 가운데 노란색 수술이 돋보였다. 옆에서 지켜보던 효진이가 초롱초롱한 눈망울로 쳐다보며 외쳤다.

"예쁘다!"

진서 못지않게 갖고 싶은 표정이었다. 효진이에게 작품을 줬을 때 시샘이 걱정되어 주위를 둘러보았지만 그다지 관심 있어 하는 아이들이 없었다. 나의 작품 세계를 인정해 주는 효진이에게 기꺼이 이 꽃을 바치리라.

"옜다!"

"우와! 고맙습니다!"

효진이는 팔짝팔짝 뛰며 기뻐했다.

꽃 만들기를 마무리하고, 만든 작품은 사물함 위에 가지런히 전시했다. 미술 활동으로 지저분해진 교실을 정리하는데 어디선가 여러 아이들이 모여 떠드는 소리가 들려왔다. 그 중 낯익은 목소리가 섞여 있었다. 나의 작품 세계를 인정해 준 효진이 목소리였다. 효진이는 아까보다 더 초롱초롱한 눈망울로 성현이를 쳐다보며 말했다.

"내 꽃을 받아 줘!"

요즘 젊은 애들은 정말 못 말리겠다. 벌건 대낮에 사람들 많은 곳에서 애정 표현을 저렇게 쉽게 하다니. 꽃을 받아 든 성현이도 싫은 눈치가 아니었다. 옆에서 구경하던 예령이와 정윤이가 입으로 음악을 깔았다.

"뚜 뚜루뚜 뚜 뚜루뚜~"

성현이가 흐뭇한 표정으로 다가와 자랑을 했다.

"선생님, 효진이가 꽃 줬어요."

성현이가 자랑스럽게 내민 꽃은 노란 수술이 돋보이는 분홍 꽃, 세상에서 하나밖에 없는 꽃, 내가 만든 꽃이었다.

나는 제자들의 사랑을 이어 주는 꽃 장수였다.

꽃보다 더 예쁜 꽃 일곱 송이♥!

퇴직 후 일자리를 찾다

"책상을 벽으로!"

무더위를 피해 운동장 대신 교실에서 재미있는 놀이를 했다. 교실 책상을 모두 벽으로 붙였다. 바닥을 함께 깨끗이 청소하고 모여 앉았다. 미리 준비해 둔 안대를 아이들에게 보여 주었다.

"오늘은 안대로 재미있는 놀이를 할 거예요."

놀이 규칙을 설명했다.

"술래가 안대를 끼고 열을 세면, 나머지 친구들은 그 자리에 멈추고, 술래한테 잡힌 사람이 다시 술래가 되는 놀이야."

놀이를 더 재미있게 하기 위해 벌칙을 정하기로 했다.

"벌칙을 무엇으로 할까?"

"엉덩이로 이름 쓰기!"

"춤추기!"

지난 캠프에서 보여 준 우리 반 아이들 춤 실력에 모두가 깜짝 놀랐던 기억이 떠올랐다.

"그래, 세 번 걸린 사람 춤추기가 벌칙이야!"

하린이를 먼저 술래로 삼았다. 하린이가 열을 셀 동안 아이들은 우르르 몰려다녔다. 하나에 우르르, 둘에 우르르, 숫자를 셀 때마다 이쪽저쪽으로 몰려다니는 모습이 병아리 같았다.

"열! 멈춰!"

마지막 숫자를 크게 세고 모두 그 자리에 멈췄다. 민재는 밀어 놓은 책상 밑으로 숨어들었고, 예림이는 정해진 금 밖으로 나가 서 있었다. 대부분 아이들은 구석에 옹기종기 모여 앉아 입을 틀어막고 킥킥거리고 있었다. 그중 눈에 띄는 아이가 있었다. 바로 승범이!

승범이는 아이들과 떨어져 교실 가운데 우뚝 서 있었다. 술래인 하린이 정면에 위치하고 있었다. 다시 숨을 시간을 줄까 하다 그냥 그대로 진행했다. 눈을 가린 하린이는 양손을 앞으로 내밀고 친구들을 찾기 시작했다. 아이들은 숨을 죽이고, 고개를 숙여 목이 보이지 않을 정도로 몸을 움츠리고 있었다.

"크크크!"

모두가 입도 뻥끗하지 않는 사이로 승범이 웃음소리가 새어 나왔다. 찾기 좋은 위치에 서 있고, 웃음소리까지 흘러나온 승범이는 하린이의 좋은 먹잇감이었다. 하린이는 소리 나는 쪽으로 슬금슬금 다가가 승범이를 잡았다.

"승범이, 술래!"

술래가 된 승범이는 열까지 숫자를 센 후 과감하게 앞으로 나아갔다. 귀를 열고, 세어 나오는 소리를 따라 걸음을 성큼성큼 옮겨 예림이를 잡았다.

예림이가 술래가 되어 열을 세는 동안 승범이는 또 제대로 숨지 않았다. 예림이에게도 금방 잡혔다. 다시 술래가 된 승범이는 순식간에 성현이를 잡았고, 술래가 된 성현이는 다시 빠른 속도로 승범이를 잡았다. 동작 빠르고, 날래기로 소문난 승범이가 왜 일부러 술래가 되었는지 궁금해졌다.

"승범이, 벌칙!"

세 번 술래가 된 승범이에게 춤추기 벌칙이 내려졌다. 교실 한쪽에 돗자리를 깔고 친구 모두를 앉게 했다. 승범이와 함께 컴퓨터 앞으로 자리를 옮겼다.

"사랑을 했다 노래 틀어 줄까?"

"아니요."

"그럼 무슨 노래?"

"부메랑이요."

「부메랑」 노래를 찾아 틀었다.

"선생님, 이거 아니에요. 워너원 거예요."

승범이에게 구박을 받고 다시 곡을 골랐다. 아이들이 앉은 자리 뒤로 가 휴대폰 동영상 버튼을 눌러 촬영을 시작했다. 음악이 시작되자 승범이는 슬슬 춤을 추기 시작했다. 음악에 맞춰 정확한 박자로 춤을 췄고, 동작 하나하나가 간결하고, 힘이 넘쳤다. 표정은 여유가 넘쳐 흘렀고, 시선은 촬영하는 휴대폰을 따라 움직였다. 승범이를 촬영하는 내내 시선을 뗄 수 없었고, 벌어진 입을 다물 수 없었다.

"잘한다!"

구경하는 친구들도 처음 보는 멋진 춤을 마음껏 즐기며 승범이를 응원했다. 승범이가 일부러 술래가 되었던 궁금증이 싹 사라졌다.

지금까지 봐온 1학년 중, 아니 초등학생 중에 이 정도로 춤 잘 추는 아이는 본 적이 없었다. 승범이는 웬만한 텔레비전 속 아이돌보다 더 절제되고, 힘이 넘치는 춤을 추었다.

멋진 춤을 위해 얼마나 많은 연습을 했을까. 중간에 있는 랩 부분도 정확하게 따라 부르는 걸로 봐서는 타고난 리듬감보다는 열심히 노래 부르고, 춤을 연습했던 것 같다. 어린 나이지만 한 가지 일에 최선을 다해 노력하고, 즐기고, 다른 사람들 앞에서 당당하게 표현하는 승범이가 빛나 보였다.

"나도 출래요!"

승범이 멋진 춤이 끝나자 여기저기서 자기들도 추겠다고 나섰다. 음악을 틀어 주자 부끄럼쟁이 민준이, 더 부끄럼쟁이 예령이도 함께 어울려 춤판으로 빠져들었다. 승범이는 자기만 춤을 잘 추는 아이가 아니라 모두를 즐겁고, 신나게 만드는 행복의 전도사임이 분명했다.

혼자 보기 아깝고, 재능이 너무 훌륭해 승범이 엄마와 학교 선생님에게 촬영한 동영상을 보여 드렸다. 승범이 엄마는 깜짝 놀라셨다. 승범이는 집에서도 혼자 음악을 틀어 놓고 창가에 비친 자기 모습에 흠뻑 빠져 춤을 춘다고 하셨다.

"나중에 목장 일 해야 하는데 큰일이네요."

승범이 엄마는 아빠 목장을 물려받을 아들의 미래를 걱정하셨다. 교장 선생님도 영상을 보시고 우스갯소리로 의견을 내놓으셨다.

"박진영에게 넘길 겁니다. 유튜브에 올리면 안 됩니다."

15년 뒤, 교장 선생님은 기사로, 나는 매니저로 제 2의 인생을 살 수도 있을 것 같다. 승범아, 선생님이 응원할게!

꿈을 펼치기엔 교실이 너무 좁아요!

무서운 선생님? 못생긴 선생님!

아침마다 스스로 할 일을 하는 아이들을 보면 기특하기 그지없다. 가방 내려놓으면 바로 한글 학습지 책을 펴고, 자신이 할 부분을 한 후 검사를 받는다. 어느 누구 하나 소홀히 하는 아이가 없다. 아이들은 일찍 오면 일찍 오는 대로, 늦게 오면 늦게 오는 대로 자기가 할 수 있는 양만큼 하고 밖으로 나가 놀았다.

오늘도 일찍 등교한 예림이와 민재는 검사를 끝내고 밖으로 나가 뛰어 놀았다. 10월이 되어 짝이 된 정윤이와 소윤이는 별로 바빠 보이지 않았다. 나란히 앉아 수다를 떨며 과제를 해결하고 있었다. 꼼꼼한 예령이도 자기 과제를 해결하느라 열심이었다. 정윤이가 풀고 있던 학습지 책을 들고 앞으로 나왔다.

"선생님, 이거 어떻게 하는 거예요?"

정윤이가 보여 준 문제는 그림에 알맞게 꾸며 주는 말을 찾아 동그라미 표시를 하는 거였다.

"귀여운 토끼, 파란 토끼 중에 그림과 어울리는 게 뭘까?"

"귀여운이요."

똑똑한 정윤이는 금방 알아듣고 자리로 돌아갔다. 정윤이는 자리에 앉자마자 또 물었다.

"다정한이 뭐예요?"

"사이좋고 친절한 거 아닐까?"

알아들었다는 듯 고개를 끄덕였다. 그러고는 또 다시 물었다.

"선생님, 선생님은 무서운 선생님이에요?"

정윤이가 보던 그림에는 웃는 선생님이 그려져 있었다. 아래에는 괄호 안에 '다정한'과 '무서운'이 적혀 있었고, 그 중 하나를 고르는 문제였다. 웃으며 되물었다.

"선생님 무섭냐?"'

"아니요."

그럼 답은 정해져 있지. 더없이 다정한 표정으로 정윤이를 바라보았다. 정윤이는 고개를 들어 힐끔 쳐다보고, 옅은 미소를 보이며 들릴 듯 말 듯한 목소리로 말했다.

"못생긴 선생님!"

나이가 들면 귀가 잘 안 들린다는 말은 사실이 아니었다. 정윤이 말이 귀에 와서 쏙쏙 박혔다. 주말에 박소영 선생님 결혼식에 갔다

신부에게 후줄근하게 입고 왔다는 핀잔을 듣고 온 터라 와이셔츠에 정장 차림으로 출근했건만….

"내가 못생긴 선생님이냐?"

화난 척 두 눈을 크게 뜨고 정윤이를 쏘아붙였다. 옆에 앉아 있던 소윤이가 초승달 눈을 하고 말했다.

"무서운 선생님보다 못생긴 선생님이 나아요."

소윤이가 보내온 위로의 말에 고개가 갸우뚱해졌다. 위로라고 하기에는 썩 기분이 좋지 않았다. 소윤이에게 물었다.

"왜 못생긴 선생님이 나은데?"

소윤이는 선생님 질문에 곰곰이 생각한 후 대답했다.

"어, 무서운 선생님은 혼내는데 못생긴 선생님은 안 혼내잖아요."

소윤이 말을 정리하면 선생님이 못생겨도 혼내지 않는 선생님이 좋다는 뜻이었다.

과거를 되돌아보면 나도 무섭게 한 적이 참 많았던 것 같다. 말 안 듣는다고 혼내고, 밥 안 먹는다고 혼내고, 물건 정리 안 한다고 혼내고, 했던 말 또 하게 한다고 혼내고. 많은 시간이 흐르고, 여러 아이들을 겪으면서 '무엇을 위해, 누구를 위해 혼내는가'에 대한 근본적인 생각이 바뀌면서 말과 행동이 조금씩 달라졌다.

어제 5교시 1시간 동안 일어난 일이었다. 공부 시간에 승범이는 책이 없어졌다고 했다. 사물함, 책상 서랍 어디에도 없단다. 자리에 앉아 눈만 끔벅거리고 있었다. 승범이 사물함을 살폈다. 책이 보이지 않았다. 아이들에게도 함께 찾게 했다. 승범이 책상 서랍을 살폈다. 맨 아래에 깔려 있는 책이 보였다.

"책 여기 있네."

모두 교과서가 준비되어 공부를 시작하게 되었다.

"22쪽 펴세요."

아이들이 교과서를 펴고 준비하는 동안 동윤이는 "몇 쪽이에요?"를 3번이나 물었다. 성현이가 답답했는지 선생님을 거들었다.

"선생님 말 좀 들어!"

동윤이가 세 번째 말하는 순간 다가가 교과서 22쪽을 찾아 펴 주었다.

민준이는 공부 시간 시작부터 돌돌 말은 테이프를 가지고 놀았다. 공부보다는 테이프에 온 신경이 가 있었다.

"민준아, 테이프 쓰레기통에 버리고 오세요."

수업에 별 관심 없던 민준이는 아무도 몰래 테이프를 쓰레기통 대신 자기 콧구멍에 넣었다. 검지손가락으로 열심히 파 보지만 테이프는 점점 깊이 들어갔다. 심각한 표정으로 굴 파는 민준이에게 다가가 휴지로 한쪽 코를 꼭 틀어막았다.

"흥 해!"

있는 힘껏 코를 풀자 납작한 테이프가 끈적끈적한 콧물과 함께 튀어나왔다.

아이의 말과 행동이 위험하거나, 남을 힘들 게 할 때가 아니라면 혼내기 전에 한 번 더 생각해 본다.

'무엇을 위해, 누구를 위해 혼내는가! 화를 내서 달라지는 게 뭔가!'

학습지를 마치고 정윤이랑 소윤이가 교실 밖으로 나갔다. 뒤이어 예령이가 학습지 검사를 위해 책을 들고 나왔다. 꼼꼼하게 잘 해결한 학습지에 크게 동그라미를 그려 줬다.

"예령아, 선생님 못생긴 선생님이냐?"

"아니요. 잘생긴 선생님이에요."

그렇지. 역시 우리 예령이는 사람 볼 줄 안다니까. 예령이는 나중에 잘생긴 신랑 만날 거야. 정윤이, 소윤이는 흥이다!

학습지 책을 서랍 속에 잘 넣어 두고 예령이는 운동장으로 뛰어나갔다. 예령이는 고개를 돌려 힐끔 쳐다보고, 옅은 미소를 보이며 들릴 듯 말 듯한 목소리로 말했다.

"옷이 잘생긴 선생님!"

에잇! 예령이 너도 흥이다!

못생긴 선생님네 반의 예쁜 아이들

쌍둥이 구별하기

4박 5일간의 단기 방학을 마치고 다시 교실로 모였다. 아이들이 한
명 한 명 교실로 들어왔다. 느지막하게 쌍둥이들이 밝은 표정으로 교
실로 들어왔다. 둘 다 머리에 뭔가를 하고 왔다.

"쌍둥이 머리 멋지다!"

"엄마가 머리에 풀칠 해 줬어요."

쌍둥이들은 머리만 바뀐 게 아니었다. 한빛이 안경이 바뀌었다. 주
말에 안경이 부러져 새 걸로 바꿨단다. 그런데 안경테 색이 한울이
안경과 거의 똑같았다. 평소 쌍둥이를 구별할 때 안경테 색깔로 구별
했다. 한빛이 안경은 빨간색, 한울이 안경은 갈색이었다. 둘을 구별
할 수 있었던 안경색이 바뀌어 걱정이 되었다.

중간 놀이 시간, 아이들과 학교 숲에서 숨바꼭질을 하였다. 내가

술래가 되었다. 나무 뒤, 바위 뒤에 숨은 아이들을 쏙쏙 찾았다. 영산 홍 뒤에 숨어 있던 쌍둥이랑 눈이 마주쳤다. 누군지 모를 쌍둥이랑 달리기가 시작됐다.

"쌍둥이, 깨똥!"

"선생님, 이름 안 불렀잖아요!"

이름을 부르고 '깨똥'을 외쳐야만 아웃이 되는 규칙을 어겨 죽었던 목숨이 살아났다. 쌍둥이는 숨바꼭질에 유리하다는 새로운 사실! 쌍둥이를 구별할 수 있는 점을 도무지 찾을 수가 없었다. 아이들에게 물었다.

"한빛이와 한울이는 어떻게 다르지?"

한빛이가 한울이랑 자기를 구별하는 방법을 슬며시 알려 주었다.

"나는요, 이빨이 많이 났구요. 한울이는 조금 났어요."

한빛이가 씨익 웃으며 대문짝만 한 앞니를 보여 주었다. 한빛이가 알려 준 방법은 단점이 있었다. 웃을 때만 구별할 수 있다는 것이다.

"가방 색깔이 달라요."

"옷을 보면 알아요."

동찬이와 소정이가 쌍둥이 다른 점을 발견하고 알려 주었다. 아이들이 생각해 낸 방법이 딱히 마음에 들지 않았다.

"더 없나?"

가만히 듣고 있던 성율이가 한마디 던졌다.

"그냥 보면 알아요. 한 번에 알아!"

짝꿍 호영이도 거들었다.

"맞아요. 딱 보면 알아요!"

부끄럽다. 안경테에 의존했던 내가!

쌍둥이

은서는 아빠를 닮았어요.

성율이도 아빠 닮았어요.

소정이는 엄마 닮았어요.

호영이도 엄마 닮았어요.

선생님은 유재석 닮았어요.

한빛이는 엄마 닮았니?

아니요. 난 한울이 닮았어요.

퀴즈, 한울이와 한빛이를 구별해 보세요!

가족을 위해 내가 스스로 하는 일

집에서 가족을 위해 내가 스스로 하는 일이 무엇이 있는지 생각해
보고 발표를 했다.

쌍둥이 한빛이가 제일 먼저 손을 번쩍 들었다.

"빨래를 해요."

"안 하면서. 하지도 않으면서 거짓말 하냐?"

한빛이는 할 말이 더 있는 듯했으나 한울이 큰 소리에 말을 꿀꺽
삼켜 버렸다. 교실에 자기를 잘 아는 누군가가 있다는 걸 깜빡하고
있던 모양이다. 쌍둥이는 마주보며 웃었다.

내친 김에 한울이가 자기가 집에서 하는 일에 대해 발표를 했다.

"동생을 돌봐요."

듣고 있던 한빛이가 맞받아쳤다.

"동생 아니에요! 친구예요!"

서로가 형이다 친구다로 또 웃으며 싸운다. 형이라고 우기는 한울이에게 물었다.

"어떻게 돌보는데?"

"자전거를 가르쳐 줬어요."

"형아 맞네."

쌍둥이 다툼을 뒤로 하고 다른 친구들도 돌아가며 발표를 했다. 호영이는 예쁜 동생을 돌보고, 소정이는 신발을 정리한다고 했다. 은서는 엄마 심부름을 자주 하고, 성율이는 동생 자전거를 태워 주고, 가끔 신발 정리도 한다고 했다.

누나 둘이 있는 집 막내아들인 동찬이는 가족을 위해 내가 스스로 하는 일이 고양이랑 놀고, 자전거 타기란다. 할머니랑 사는 태식이도 혼자서 두발 자전거를 타기가 스스로 하는 일이란다. 할머니, 할아버지의 모든 관심을 받고 있는 다경이는 받아쓰기가 가족을 위해 스스로 하는 일이란다. 가족을 위해 하는 일에 대한 생각 자체가 전혀 달랐다. 부모님, 할아버지, 할머니가 모두 다 해 주시는 것에 익숙했던 아이들에게 자기 일을 하는 것이 가족을 위한 일이란 생각이 머리 깊숙이 자리 잡고 있었다.

집에서 꼭 해야 할 일에 대해 함께 정리를 하고, 가족 중에 누가 그 일을 하고 있는지 발표하였다. 호영이가 먼저 발표했다.

"엄마는요, 빨래하고, 설거지하고, 다림질하고, 방 청소하고, 요리

하시구요. 아빠는 딱 하나 해요. 덤프 운전이요. 빨래는 한 적이 없어
요."

은서의 발표도 이어졌다.

"엄마는 빨래하고 나머지는 할머니가 다 해요. 아빠는 잠만 자고
TV만 봐요."

한빛이도 자기 생각을 큰 소리로 발표했다.

"엄마는 빨래, 요리, 설거지, 차 운전도 하고, 회사도 다녀요. 아빠
는 잠자고, TV 봐요."

많은 아이들의 집에서 엄마와 할머니 노력으로 집안이 행복하게
운영되고 있었다. 직장을 다니는 엄마가 집안일을 모두 하는 것은 힘
드므로, 모든 가족이 나눠 해야 함을 강조했다.

아이들에게 더 알기 쉽게 설명하기 위해 우리 집을 예로 들었다.

"선생님은 집에서 아침밥도 차리고, 다림질도 한단다. 빨래도 하
고, 청소도 선생님이 해."

모범적인 아빠 모습이란 바로 이런 거라고 아이들에게 자랑스럽게
떠들어 댔다. 우리 반 남자아이들 모두 선생님을 닮아 미래에 사랑스
런 아빠들이 될 거라는 믿음이 용솟음쳤다.

듣고 있던 태식이가 걱정스런 표정을 지으며 물었다.

"선생님, 집에 선생님 엄마가 없어서 선생님이 다 하는 거예요?"

오늘 수업은 망했다.

실내화 분실 사건

"승범이를 괴롭히는 파리를 용서하지 않겠다!"

아침 자습 시간, 교실에 들어온 몇 마리 파리가 아이들을 괴롭혔다. 파리채를 들고 번개맨을 흉내 냈다. 20여 년 동안 갈고닦은 파리채 신공으로 날아가는 파리를 제압했다.

"우와, 대단해!"

바닥에 쓰러진 파리를 손도 대지 않고 파리채로 쓰윽 쓸어 담았다.

"우와!"

파리채 하나로 어디에서 이런 영웅 대접을 받을 수 있을까. 열린 앞문으로 슬쩍 쳐다보는 4학년 박경찬 선생님과 눈이 마주쳤다. 선생님 옆에는 흰 실내화와 내빈용 실내화를 짝짝이로 신고 있는 현민이가 서 있었다. 4학년 선생님이 재우를 불러 물어보셨다.

"재우야, 돌봄 교실에서 현민이 형 실내화 못 봤니?"

아침에 재우랑 현민이가 돌봄 교실에서 만났던 모양이었다.

"아니요. 못 봤는데요."

순간 우리 반 실내화가 두 번 없어졌던 상황이 떠올랐다. 재우는 잃어버린 실내화를 두 번 다 찾아 준 은인(?)이었다. 혹시나 하는 생각에 노란색 파리채를 휘두르며 모두에게 번개맨처럼 큰 소리로 외쳤다.

"우리가 현민이 형 실내화 찾아 줄까?"

"네!"

아이들은 우렁찬 목소리와 함께 복도로 흩어졌다.

"야! 이쪽에 있는 게 아닐까?"

복도와 2층으로 흩어져 가는 친구들을 향해 재우가 말했다. 말과 동시에 재우는 학교 뒤편 공터로 뛰어나갔다. 주차장이 있는 언덕을 성큼성큼 올라갔다. 아이들도 재우 뒤를 우르르 몰려 따라 올라갔다. 재우는 주차장 뒤 수풀이 우거진 곳을 헤치고 들어갔다. 키 작은 나무 사이를 헤집고 깊숙이 사라진 재우가 큰 소리로 외쳤다.

"찾았다!"

"와!"

"선생님, 재우가 현민이 형 실내화 찾았어요."

재우는 흰색 실내화를 하늘 높이 치켜들고 언덕을 미끄러져 내려왔다. 아이들도 줄줄이 재우를 따라 내려왔다. 흰색 실내화를 들고 나타난 재우의 표정에는 알 수 없는 야릇한 뭔가가 느껴졌다.

"실내화 현민이 형 갖다 주고 와."

재우와 아이들은 2층으로 우르르 몰려갔다. 저 멀리서 들려오는 4학년 선생님 인사말이 온 학교에 울려 퍼졌다.

"얘들아, 고마워!"

그전에 교실에서 없어졌던 실내화는 재우가 우산꽂이, 쓰레기통 주변처럼 가까운 데서 찾아왔었다. 실내화가 누구도 찾을 수 없는 곳에 있었다는 것은 재우가 현민이 형에게 화가 많이 났다는 것과 이번 일은 그냥 넘길 수 없다는 점을 알려 주고 있었다.

1교시, 어제 있었던 수영 체험 학습에서 가장 기억에 남는 일을 그림으로 그렸다. 1등으로 그려 나온 재우와 함께 교실 뒤쪽 테이블로 자리를 옮겼다. 색연필을 들고 함께 그림을 수정하며, 아침에 돌봄 교실에서 있었던 일을 물어보았다.

"돌봄 교실에서 현민이 형아랑 뭐 했어?"

"총 놀이요!"

요즘 돌봄 교실에서는 블록으로 총 만들기가 유행이다. 아침에도 자습을 일찍한 재우가 돌봄 교실에서 놀아도 되냐고 물어본 이유가 총을 만들기 위해서였나 보다.

그림을 완성하고 재우 손을 잡고 밖으로 나갔다. 공터 앞 계단에 나란히 앉았다.

"재우야, 재우가 실내화 숨긴 거 선생님만 알아. 현민이 형이 재우

속상하게 했니?"

"현민이 형이 기분 나쁘게 했단 말이에요."

우기기 대장인 재우가 순순히 인정해서 마음이 놓였다.

"많이 속상했구나. 그래도 실내화를 숨기는 건 안 돼. 너도 실내화 많이 잃어버려 봤잖아."

힘 약한 재우가 힘이 센 아이들 속에서 살아남기 위해 찾아낸 방법이 실내화 숨기기였다.

"앞으로는 화났어, 기분 나빠라고 얘기하고 와. 그 다음은 선생님이 도와줄게. 그렇게 할 수 있겠어?"

"네."

"고마워. 그렇게 말해 줘서."

앞으로 재우와 함께 '화를 잘 내는 방법에 대한 공동 연구'를 시작해야겠다.

피구를 열심히 해야겠어요

급식을 끝내고 돌아오는 길에 다경이와 똘똘이가 수돗가에서 이를 닦고 있는 모습이 보였다. 다른 아이들은 방과 후 생명 과학 공개 수업을 하러 가고, 둘만 남아 있었다.

아이들 나머지 공부 가르치기 전 교무실에 들러 커피 한 잔을 탔다. 뜨거운 커피를 막 한 모금 입에 머금는 순간 밖에서 비명 소리가 들려왔다. 급히 복도로 나가자 똘똘이와 다경이, 돌봄 선생님이 교실 앞에 서 있었다. 비명 소리는 다경이 것이었다. 처음엔 우는 소리인지 웃는 소리인지 구별이 안 갔으나 가까이 다가가자 확실하게 알 수 있었다. 다경이 두 눈에서 눈물이 줄줄 흐르고 있었다.

"다경아, 왜 그래?"

"엉엉, 똘똘이가 때렸어요."

옆에 서 있던 돌봄 선생님이 보충 설명을 해 주셨다.

"수돗가에 있는 호스로 때렸대요."

평소 똘똘이가 다경이를 힘들게 하는 일이 많았다. 어제도 다경이를 울려 또 한 번 때리면 돌봄 교실을 가지 않고 교실에만 있기로 약속했었다. 사실 확인을 위해 물었다.

"똘똘이 네가 때렸니?"

대답 없이 고개만 위아래로 끄덕거렸다.

"호스로 때렸어?"

또 고개를 끄덕거렸다.

지나가던 유치원 조지현 선생님이 다른 증언을 내놓았다.

"호스 흔들다 모르고 그런 거 같은데…."

유치원 선생님 말도 충분히 일리가 있었다. 하지만 의도된 행동이든 아니든 계속해서 다경이를 힘들게 하는 것은 꼭 바로잡을 필요가 있었다. 6년을 함께 생활해야 할 친구 사이가 시작부터 상처로 가득 차서는 안 될 일이었다.

"똘똘이는 오늘 돌봄 교실 가지 말고 선생님이랑 있어. 다경이는 돌봄 교실 가고."

돌봄 선생님이 다경이를 안으며 거드셨다.

"네, 다경이가 똘똘이를 좀 피해서 다녀야겠어요."

돌봄 선생님 품속에서 고개를 뺀 다경이가 이해 못할 말을 했다.

"그럼 피구를 열심히 해야겠어요."

듣고 있던 두 사람은 다경이 말뜻을 쉽게 이해하지 못했다. 다경이는 이해력 부족한 두 어른을 위해 다시 알아듣기 쉽게 설명했다.

"태식이를 잘 피하려면 피구 연습을 열심히 해야 된다구요."

"푸하하핫!"

심각하고 슬픈 상황에서 두 어른은 큰 소리로 웃을 수밖에 없었다.

똘똘이라는 어디로 튈지 모르는 공으로부터 잘 피하고, 잘 받아 내는 날쌘 다경이로 자랄 수 있는 날이 얼른 왔으면 좋겠다.

옷이 사라졌어요

오늘은 평소보다 일찍 출근길에 올랐다. 우연히도 아내 학교와 우리 학교 모두 학예 발표회가 있는 날이었다. 아내는 오전에 하는 학예 발표회를 기획하고 진행하는 책임자라 일찍 준비하러 나섰다. 아내와 헤어진 지 얼마 되지 않아 연락이 왔다. 아침 일찍 오기로 한 음향 업체가 나타나지 않는다는 것이다. 업체에서는 이런 저런 핑계와 함께 금방 도착한다고 말만 하고 나타나지 않는다고 했다. 발표회 시간은 다가오는데 가장 중요한 장비 중 하나인 음향 기계가 도착하지 않으니 얼마나 불안했을까.

"잘 될 거야. 그리고 시작하면 잘 되나 못 되나 끝날 거유. 너무 걱정하지 마셔."

학교에 일찍 도착하여 교실 문 앞에 섰다. 교실 스위치가 꺼진 상

태였다. 주완이가 아직 안 왔다는 증거였다. 항상 나랑 아침 등교 1, 2등을 다투던 주완이라 불이 켜졌나 꺼졌나를 보고는 아이가 왔나 안 왔나를 확인할 수 있었다.

불을 켜고 교실에 들어간 지 얼마 되지 않아 교실 문이 열렸다. 주완이였다.

"어? 너 왜 반티 안 입고 왔냐?"

주완이는 오늘 학예회에 쓸 반티를 안 입고 온 것이었다.

며칠 전, 도착한 반티가 잘 맞는지 입어 보고는 스티커에 이름을 써서 옷걸이에 걸어 두었다. 일찍 집에 보냈다 분실하거나, 더러워질 걱정에 행사 전날인 어제 나눠 주려고 했었다. 그리고 어제 모두 자기 이름이 적힌 반티를 찾아 가방에 넣는데 주완이 옷만 보이지 않았다.

"주완아, 너 옷 어디 있어?"

"집이요."

주완이는 말도 없이 옷을 집에다 가져다 놓았던 것이다. 제 물건 잘 챙기는 기특한 녀석. 가는 길에 주완이를 붙잡고 신신당부를 해서 보냈다.

"주완아, 내일 반티 꼭 입고 와야 해."

"네."

그렇게 약속하고 간 주완이가 아침에 입고 온 옷은 오래된 회색티 였다.

"주완아, 왜 반티 안 입고 왔냐? 옷 어디 있어?"

"집이요."

주완이 할머니께 전화를 걸었다. 다행히 행사가 2시부터 시작이라 시간 여유가 있었다. 행사 전에만 할머니가 가져다주시면 큰 문제가 없었다.

"할머니, 며칠 전에 주완이가 가져온 옷 집에 있나요?"

"예? 무슨 옷이요? 나는 모르는데."

할머니께 어떤 옷인지 자세히 설명을 드려야 했다.

"할머니, 후드티요."

"예? 우드요?"

"아니, 후우드. 모자 달린 옷인데 색깔이 버건디. 어, 그러니까 피색 비슷한 옷이에요."

얼마 지나지 않아 할머니 연락이 왔다.

"집을 아무리 찾아도 없어요."

주완이는 옷을 어디에 뒀을까? 할머니께 혹시 모르니 태권도장에 연락해 보시라고 하고, 돌봄 교실로 향했다. 돌봄 교실 주완이 사물 함과 주변을 둘러보았지만 어디에서도 찾을 수 없었다.

속상함이 밀려왔다. 주완이가 행사 때 반티를 입을 수 없게 된 것보다 겨울 내내 따뜻하게 입고 다닐 수 없음이 더욱 속상했다. 학급별로 학예회에 입을 옷을 준비할 때 예전 학교에서처럼 화려하고 돈 보이며, 보기 좋은 의상을 빌릴까도 생각했지만 그러지 않은 첫 번째 이유가 주완이 때문이었다. 한 번 빌려 하루 입을 돈으로 따뜻하고, 예쁜 옷을 사면 하루가 아닌 한 계절이 흐뭇할 것 같았다. 학예회에 대한 학교의 아낌없는 지원으로 옷을 두 벌이나 구입할 수 있어 흐뭇함도 배가 되었다. 그런데 그런 소중한 옷 두 벌 중 하나가 사라진 것이다.

'잘 될 거야!'

아침에 아내에게 한 말을 되뇌었다. 없어진 옷은 잊고, 해결할 방법을 곰곰이 생각했다. 지금 똑같은 옷을 구입하는 건 불가능하고, 남는 옷이 없을까? 순간 천사 같은 돌봄 선생님 얼굴이 떠올랐다.

주완이가 잃어버린 옷은 오카리나 연주 때 입을 옷이었다. 1인 1악기 연주는 아이들과 담임인 나, 돌봄 선생님도 함께 하기로 했었다. 옷도 당연히 함께 주문을 했었다. 방법은 이러했다. 돌봄 선생님 옷을 키가 큰 지우에게 주고, 지우 옷은 리한이에게, 리한이는 성혁이에게, 마지막으로 성혁이 옷을 주완이에게 주는 것이다. 원래 주문한 옷보다는 조금씩 크겠지만 넉넉하게 입는 것도 그리 나쁘지 않으리라.

돌봄 선생님께 전화를 걸어 사정 얘기를 했다. 돌봄 선생님은 흔쾌히 그러겠다고 하고, 일찍 옷을 가져다주기로 하셨다.

잠시 후, 할머니에게서 다시 전화가 왔다.

"선생님, 옷 찾았어요. 주완이 이름 써 있는 옷 맞죠?"

"네, 맞아요. 어디 있던가요?"

"마당이요."

행사 30여 분 전, 할머니와 돌봄 선생님이 함께 나타나셨다. 돌봄 선생님은 할머니가 건네준 옷으로 주완이를 갈아입혀 주셨다. 바지도 갈아입히려 하자 주완이가 묵묵히 혼자 남자 화장실로 향했다.

"남자네."

천재적인 나의 아이디어는 아쉽게도 빛을 발하지 못했지만 모두가 맞는 옷을 입고 무사히 공연을 할 수 있었다. 무대 위 아이들 모두 예쁜 버건디 후드티로 더욱 멋지고 아름다웠다.

빨간색 후드티를 소화하기 힘든 나만 빼고.

'버건디는 버거운디!'

버건디가 버겁지 않은 아이들

호로 시작하는 말

오늘 한글 공부는 '호'자이다. 「호떡을 사랑한 호랑이」라는 영상을 보고, '호'가 들어가는 글자와 알고 있는 글자 모두를 발표하기로 했다. 아이들이 발표하는 낱말은 컴퓨터 한글 프로그램으로 쳐서 바로 텔레비전 화면으로 보여 주었다.

너도 나도 손을 들었다. 막 한글을 깨치기 시작한 아이들에게 먼저 기회를 주었다.

"호떡!"

"호랑이!"

"호두!"

TV에서 봤던 글자를 동윤이, 민준이, 진서가 발표하였다. 하린이도 손을 들었다.

"호기심!"

"오!"

항상 새롭고 어려운 낱말을 잘 찾는 하린이다.

효진이, 재우, 민재, 성현이, 소윤이, 정윤이, 예령이, 예림이까지 모두 한 번씩 기회가 다 돌아갔다. 승범이도 눈을 크게 뜨고 손을 들었다. 하도 눈을 크게 치켜떠서 어떤 낱말일지 아주 궁금했다.

"승범이, 뭐?"

"호리!"

"엥?"

듣도 보도 못한 말이라 뭐라 대답을 해야 할지 모르겠다. 마우스로 '호리' 글자를 블록으로 씌우자 신기하게도 국어사전이 떴다. 국어사전 창 안에는 놀랍게도 '호리'의 다양한 뜻이 나타났다.

호리 [명사]　소 한 마리가 끄는 간편한 쟁기

　　　　　　여우와 살쾡이를 아울러 이르는 말

　　　　　　도량이 좁고 간사한 사람을 비유적으로 이르는 말

"승범이 대단하다. 선생님도 모르는 글자를 알다니!"

얼어걸린 글자로 엄청난 칭찬을 받은 승범이 표정이 예사롭지 않았다. 초롱초롱 빛나는 눈으로 더욱 열정을 가지고 공부에 참여했다.

'호박, 호루라기, 호빵, 호빵맨'

찾을 만한 글자가 다 나왔는지 더 이상 나오지 않았다. '호'자로 시작하는 쉬운 글자 '호수'가 떠올랐다.

아이들에게 힌트를 던졌다.

"물이 많이 모여 있는 곳을 뭐라고 하지? 연못보다 넓은 곳인데?"

내가 안다고 모두 아는 게 아니고, 내가 쉽다고 모두 쉬운 것은 아니었다. 아이들 모두 선생님 힌트에 맞는 글자를 찾느라 끙끙거렸다.

그때 승범이가 두 눈을 더욱 부릅뜨고 쳐다보았다. 번쩍 든 손은 하늘까지 닿을 듯했다. 고민하고 있던 모든 친구들 시선이 승범이에게로 모였다. 자신만만 승범이 표정에는 이미 답이 보였다.

"승범이, 정답은?"

모두가 승범이 입을 쳐다보았다. 자신만만 승범이는 큰소리로 대답했다.

"호물!"

푸훗! 그럼 그렇지. 전혀 예상 밖의 대답에 웃음밖에 나오지 않았다. 혹시나 하는 생각으로 컴퓨터에 '호물'을 치고 마우스로 블록을 씌웠다. 컴퓨터 화면에 네모난 국어사전 창이 떠올랐다.

호물 [명사]   훌륭한 물건, 즐기는 물건

승범이가 물건은 물건이다. 그것도 모두를 웃게 만드는 우리 반의 사랑스런 '호물'이다.

우리♥ 반의 사랑스런 '호물'

귀여운 도둑

"애들아, 운동장으로!"

"우와!"

점심시간이 끝난 5교시. 아이들을 이끌고 밖으로 향했다. 한파 주의보가 아직 덜 풀린 탓에 밖은 여전히 추웠다. 내복과 두꺼운 외투를 방패 삼아 앞장서서 운동장으로 나갔다. 아이들도 하나둘 실내화를 갈아 신고 운동장으로 모여들었다. 모두가 모이면 즐거운 '가위바위보' 놀이를 시작하려고 기다렸다.

'하나, 둘…'

아이들 머릿수를 세어 보니 한 명이 모자랐다. 아직 안 온 친구가 누구일까 주욱 살펴보니 뜻밖의 인물이었다. 어떤 놀이든 제일 재미있게 뛰어노는 효섭이였다.

"선생님!"

현관 앞에서 큰 소리로 외치는 효섭이 목소리에 고개를 돌렸다.

"선생님, 신발 없어졌어요!"

자세히 보니 효섭이는 하얀색 실내화를 신고 서 있었다.

"어디다 뒀니? 잘 찾아 봐!"

"신발장이요. 아무리 찾아도 없어요!"

"할 수 없다. 실내화 신고 일단 놀자. 내려와라!"

모두가 운동장에 모여 놀이를 시작하려 했으나 효섭이가 하는 걱정스런 얘기를 듣는 순간 그냥 넘어갈 수가 없었다.

"선생님, 신발 없으면 학원 못 가요!"

놀이도 중요하지만 효섭이 문제를 해결해 주는 게 먼저라는 생각이 들었다.

"얘들아! 효섭이 신발이 없어졌대. 우리가 찾아 주자!"

어디선가 누군가에게 힘든 일이 있을 때 가장 먼저 나서는 가윤이가 의견을 냈다.

"선생님, 5·6학년이 가져간 게 아닐까요?"

아무리 훌륭한 가윤이 말이라도 이번에는 고개가 끄덕여지지 않았다. 아이들을 모아 놓고, 찾는 데 더 힘이 되게끔 한마디 했다.

"얘들아! 효섭이 신발 찾으면 전부 사탕 하나씩!"

"유치원 놀이터에 있는 거 아니야?"

은비 말 한마디에 모두 우르르 유치원 쪽으로 향했다. 그중 맨 앞에서 나아가던 은비는 방향을 돌려 유치원 앞 화단으로 바삐 걸어 갔다. 비탈을 내려가더니 큰 회양목 앞에 섰다. 오른손을 나무 사이로 쑤욱 집어넣더니 하얀색 운동화 하나를 빼어 들었다.

"선생님, 찾았어요!"

신발 한 짝을 화단 앞에 서 있던 효섭이에게 냅다 집어던지더니 뒤돌아 또 한 짝을 나무에서 꺼냈다. 순간 점심시간 급식실로 달려와 효섭이가 은비를 깔아뭉개고 있다고 한 민서의 제보가 떠올랐다.

'귀여운 도둑!'

은비를 불러냈다. 눈을 마주치고, 씨익 웃으며 물었다.

"효섭이가 깔아뭉개서 미워서 그랬냐?"

멀뚱멀뚱 눈을 깜빡이던 은비가 씨익 웃으며 대답했다.

"네!"

은비를 잡으려고 두 손을 내밀며 물었다.

"개똥아, 집에 갈 때까지 신발 안 찾아 주려고 했냐?"

은비는 발길질로 버티며 대답했다.

"네, 안 찾아 주려고 했다구요!"

은비가 찾아 준 신발 덕분에 가위바위보 놀이를 재미있게 할 수 있었다. 신나게 뛰어놀다 놀이가 끝날 무렵, 벗어 놓은 외투를 입던 효섭이가 또 큰 소리로 외쳤다.

"어! 사탕이 없어졌어요!"

주머니 속에 넣어 뒀던 사탕 하나가 없어졌단다.

"너 아까 먹었잖아!"

"아니야, 하나 남았단 말이야!"

효섭이는 스탠드에 앉아 있던 친구들 외투 주머니에 손을 쑥쑥 집어넣으며 말했다.

"도둑이야, 도둑 잡아야 돼!"

성혁이 주머니에 손을 넣으려는 순간, 서 있던 리한이가 외쳤다.

"야! 그거 내 옷이잖아!"

리한이 말을 들은 효섭이는 입고 있던 외투를 벗었다.

외투에는 리한이 이름이 예쁘게 쓰여 있었다. 같은 체육관에 다녀 똑같은 리한이 옷이랑 바꿔 입은 것이었다. 효섭이는 스탠드에 놓인 자기 외투를 찾아 주머니에 손을 넣었다. 효섭이 손에는 하얀색 막대 사탕이 들려 있었다. 효섭이는 친구들 앞에 엎드려 넙죽 절을 하며, 큰 소리로 외쳤다.

"친구들아, 미안합니다!"

추운 겨울도 친구가 있어 따뜻하죠

✱딱지 보험 ｡ ✦

　겨울에는 실내에서 할 수 있는 딱지치기가 딱이다. 딱지를 만들 재료로 매일 먹는 우유갑을 사용하기로 했다. 우유를 먹지 않는 재우, 승범이는 다른 학년이 먹고 갔다 둔 우유갑을 받아 왔다.

　우유갑을 모두 열고 4개의 모서리를 바닥 부분까지 자른 다음, 날개 부분을 알맞게 잘라 접어 넣으면 완성이다. 말로 설명하면 참 쉽지만 1학년 아이들에게는 여간 어려운 일이 아니다. 처음 1학년 담임을 맡고 가장 큰 정신적 충격을 받았던 수업이 종이접기였다. 알아듣기 쉬운 말을 고르고, 천천히 여러 번 시범을 보여 주지만 돌아오는 대답은 한결같이 "어떻게 해요?"였다.

　색종이를 대각선으로 못 접는 아이, 손 다림질이 안 되는 아이, 꼭짓점과 꼭짓점을 못 맞추는 아이 등 한 번도 생각해 보지 않은 부분에서 문제가 생겼다. 한 줄로 길게 늘어선 아이들 종이를 하나하나 접어 주다 보면 괜히 했다는 후회가 밀려오기도 했다. 나중에서야 혼자 해결하지 않고 잘하는 아이들 도움을 받는 방법을 쓰면서 더 이상 종이접기에 대한 두려움을 갖지 않게 되었다.

오늘의 딱지 만들기도 쉽지 않은 여정이지만 크게 두려워하지 않았다. 나에게는 아직 종이접기에 능숙한 몇몇 친구들이 있고, 길게 늘어설 만큼의 아이들도 없다는 점, 처음부터 아이들이 설명대로 모두 잘하기는 힘들 거라고 기대 수준을 낮게 잡았기 때문이었다.

"할 수 있는 만큼 하고, 안 되면 가지고 나오세요."

가위로 네 모서리를 자르기부터 난관에 부딪쳤다. 밑바닥까지 자르기는 작은 가위를 쓰는 1학년에게는 불가능에 가까웠다. 자를 수 있는 만큼 자른 후 안 되는 부분은 큰 가위로 잘라 주었다. 효진이가 모서리 2개만 잘라 들고 나왔다. 눈은 최대한 불쌍한 표정을 하고 있었다.

"선생님, 안 잘라져요."

"나머지 2개도 더 잘라와. 끝부분은 선생님이 잘라 줄게."

똑똑한 하린이도 딱지 날개의 방향을 달리해서 접는 바람에 도움을 청했다. 여기저기서 다양한 문제가 생기고, 만드는 속도도 달랐지만 친구, 선생님 도움으로 모두 딱지를 완성했다.

"딱지를 예쁘게 꾸며 보세요."

아이들이 저마다 딱지를 예쁘게 꾸미는 동안 네임펜을 꺼내 앞면에 내 이름을 썼다. 딱지 뒷면은 어떻게 꾸밀까 고민하다 한 가지 묘안이 떠올랐다. 아이들과 딱지치기를 하다 혹시 질 경우를 염두에 두고 근사한 보험을 들기로 했다.

'미남'

일찌감치 딱지를 만든 정윤이가 구경다니다 옆으로 와서 붙어 섰다. 앞면을 알록달록하게 색칠한 딱지를 자랑하던 정윤이가 내 딱지를 보고 웃으며 소리쳤다.

"못생겼잖아요!"

정윤이한테 한두 번 듣는 소리가 아니라 그냥 무시하기로 했다. 말도 안 되는 얘기에다 대꾸해 봐야 근거 없이 우겨 대는 아이에게 본전도 못찾을 게 뻔했다. 정윤이는 피식 웃으며 자기 자리로 돌아가 버렸다.

"선생님을 이겨라! 하나, 둘, 셋!"

아이들에게 리듬을 타며 큰 소리로 외쳤다. 남자 아이들이 우르르 몰려나왔다.

"나랑 해요!"

성현이가 선봉에 서서 말했다. 딱지도 능숙하게 만든 성현이만 꺾으면 나머지 아이들은 식은 죽 먹기가 분명했다. 발로 여러 번 밟아 빳빳해진 딱지를 바닥에 놓았다.

"성현아, 먼저 쳐."

여유로운 표정으로 성현이에게 먼저 기회를 주었다.

"딱!"

성현이 딱지가 스쳐 지나갔지만 내 딱지는 미동도 없었다. 딱지를 집어 들고 세지도 약하지도 않은 스냅으로 딱지를 내려쳤다.

"딱!"

성현이 딱지는 하늘로 솟구쳤다 땅으로 내려왔다. 성현이 딱지는 배를 보이며 바닥에 쓰러져 있었다.

"푸하하하!"

아이들 앞에서 크게 소리 내어 웃었다. 오랜만에 선생님의 멋진 모습을 보여 줄 수 있어 너무 기뻤다. 무릎이 아파 축구에서 쓰디쓴 굴욕을 당했던 기억도 있고 해서 이번 기회에 모든 걸 만회할 수 있을 것 같았다. 사실 성현이 딱지를 한 방에 보내 버린 딱지 실력은 그냥 생긴 게 아니었다. 어릴 때 동네 공터에서 가장 많이 했던 놀이가 딱지치기였다. 가방에 책 대신 딱지가 그득했고, 집에는 친구들에게서 따온 딱지가 천장에 닿을 듯했다.

"선생님을 이겨라. 하나, 둘, 셋!"

다시 더 큰소리로 노래를 불렀다.

"선생님, 저요!"

민재가 나섰다. 민재는 새로운 기술을 발휘했다. 한 번에 두 장의 딱지를 겹쳐 치는 방법이었다. 조금 불안하긴 했지만 그 정도 기술은 애교로 받아주기로 했다.

"따닥!"

민재의 딱지 역시 내 딱지를 스쳐 지나갔다. 2장의 딱지 중 뒷면이 하늘로 향한 딱지를 겨냥하고 온 정신을 집중해 가벼운 손목 스냅으로 민재의 딱지를 내려쳤다.

'홀라당!'

민재 딱지는 등을 보이며 바닥에 쓰러졌다.

"푸하하하!"

큰 산 두 개를 넘었으니 그 다음은 거침이 없었다. 승범이, 동윤이, 효진이까지 내리 한 방에 물리쳤다. 민준이도 겁 없이 나섰다. 민준이 딱지는 내 딱지를 스치지도 못하고, 죄 없는 바닥만 때렸다.

"민준아, 어디를 치시나요?"

실실 웃으며 민준이 딱지를 가볍게 넘겨주었다. 더 이상 상대가 없었다. 진 아이들이 다시 하겠다고 아우성이었다. 아이들에게 서로 딱지치기해서 이긴 사람에게 다시 기회를 주기로 했다. 아이들이 딱지치기를 하는 동안 짧은 여유를 즐길 수 있었다.

"선생님, 나랑 해요."

정윤이가 딱지를 들고 웃으며 다가왔다. 하린이, 진서처럼 미리 포기한 줄 알았던 정윤이가 대결을 신청해 왔다. 정윤이는 알록달록 예쁘게 색칠한 딱지를 바닥에 내려놓았다. 그동안 못생겼다고 놀려 대던 정윤이에게 드디어 복수할 기회가 생겼다. 다른 아이들과 할 때보다 더 집중하여 바닥에 깔린 딱지를 노려보았다. 딱지를 치기 전에 정윤이에게 자신감 넘치는 강렬한 미소를 보냈다.

'한 방에 보내 주겠어!'

정윤이는 눈을 가늘게 뜨고 빠진 이가 보일 듯 말 듯 야릇한 미소를 되돌려 주었다.

"간다!"

시선은 딱지로, 오른손은 균형을 위해 아래로, 왼손은 머리 위까지 올리고, 허리의 회전 운동을 이용하여 그대로 내려쳤다.

"딱!"

내 딱지는 정확하게 정윤이 딱지 위에 올라섰다 땅바닥에 떨어졌다. 알록달록 정윤이 딱지는 공중을 뱅글뱅글 돌아 바닥으로 떨어졌다. 알록달록 색칠이 더 이상 보이지 않았다.

"푸하하하!"

맨날 못생겼다는 말도 안 되는 얘기를 하는 아이에게 선생님의 위엄과 권위, 카리스마를 단번에 보여 준 역사적인 순간이었다. 더 이상 선생님의 권위에 도전하지 말기를 바라며 딱지를 수거하러 허리를 숙였다. 내 딱지 옆으로 배를 하늘로 향해 있는 정윤이 딱지에 이런 글자가 쓰여 있었다.

'배훈 못생김.'

"음하하하!"

정윤이가 빠진 이를 다 드러내며 큰 소리로 웃어 댔다. 보험은 나만 든 게 아니었다. 선생님을 이길 수 없다는 걸 안 정윤이는 100% 보장되는 완벽한 보험에 들었던 것이다. 정윤이의 재치에 두 손, 두

발 다 들었다.

‘못생김을 인정하마. 똑똑함을 칭찬하마.’

정윤이에게 흐뭇한 미소와 함께 아낌없이 보험료를 지급했다.

“미남 딱지 너 가져라.”

3부

마음으로 느끼다

고양이의 가르침

오늘은 3월 2일. 입학식이 있는 날이다. 평소보다 10분 더 일찍 일어났다. 중학교에 입학하는 둘째 아들과 새로 맞는 1학년 아이들을 위해 좀 더 일찍 준비해야 했다.

화장실에서 평소보다 더 빡빡 샤워를 했다. 나이가 들어 생기는 주름은 어쩔 수 없지만 몸이라도 깨끗이 씻어 새로 입학할 아이들에게 좀 더 잘 보이기 위해서였다. 샤워를 마치고 방으로 들어오는데 바닥에 세모꼴 물체가 눈에 들어왔다. 자세히 보니 전기면도기 머리 부분이었다. 화장대 위에 있었던 면도기가 바닥에 떨어지면서 머리 부분이 분리되었던 것이다. 바닥에는 면도기 머리와 함께 그동안 깎았던 수염 가루가 즐비하게 널려 있었다. 도대체 무슨 일이 일어난 걸까? 곰곰이 생각하다 문득 범인 얼굴이 떠올랐다.

'우리 집 고양이 몽실이!'

밤새 온 집을 휘젓고 다니다 화장대 위에 있던 면도기를 떨어뜨렸나 보다. 물티슈로 수염 가루를 쓸어 모았다. 바닥을 깨끗이 닦은 후 면도기를 다시 조립했다. 다행히 면도기 성능에는 별 문제가 없었다. 면도기를 다시 화장대 위에 올려놓으려다 멈추었다. 면도기를 올려 놓으면 또 떨어뜨릴 것 같았다. 면도기 충전기를 화장대 밑으로 옮기고는 면도기를 올려놓았다.

'아!'

깨달음은 멀리서 오는 게 아니었다. 그냥 훅하고 밀려왔다. 고양이를 혼내기보다 문제의 원인이 됐던 면도기 위치를 옮기는 것은 교실에서 흔히 실수하고, 시행착오를 하는 아이들을 대하는 교사의 태도와 별반 다르지 않음이 느껴졌다.

입학식이 있는 아침, '고양이의 가르침'을 받았다.

올해 입학식에는 1학년 10명, 유치원 10명이 주인공이다. 유치원은 작년 취원생 3명에서 무려 3배나 늘어난 숫자였다. 아이들 입학이 많아졌으나, 숫자가 늘어난 만큼 유치원 선생님 걱정도 커졌다. 그런 걱정은 유치원 선생님만의 것은 아니었다. 오랫동안 1학년 담임을 해 왔지만 늘 새 학기가 되면 걱정이 앞선다. 예전보다 문제 행동을 보이거나, 친구 간에 다툼이 잦고, 학습에 필요한 기초, 기본 학습이 떨어지는 아이들이 많아졌다. 점점 가르치기가 힘들어졌다.

입학식이 시작되었다. 5, 6학년 형들이 입학생을 업고 입장하였다.

유치원생 중에는 큰 소리로 우는 아이도 있었다. 유치원에 오기에는 아직 어려 보이는 아기들도 몇몇 보였다. 울던 아이는 무대로 올라가지 않으려고 더 크게 울며 엄마에게 매달렸다. 유치원 선생님 동공이 심하게 흔들렸다. 앞으로 닥치게 될 자신의 미래가 그려지나 보다.

피아노 의자를 꺼내 유치원 자리 옆에다 갖다 놓았다. 우는 아이 엄마 자리였다. 무대 위에는 10명의 초등학생, 10명의 유치원생과 어머니 한 분이 자리를 잡게 되었다.

입학 허가 선언과 축하 선물을 전달하고, 부모님들이 아이 목에 준비된 사탕 목걸이를 걸어 주셨다. 교장 선생님 축사가 이어질 때 앞줄에 앉은 유치원 아이 한 명과 뒷줄의 초등학생 2명이 시끄럽게 떠들기 시작했다. 두 명은 닮은 걸로 보아 형제 같았고, 세 아이는 서로 잘 아는 사이로 보였다. 교장 선생님 축사보다 아이들 웃고 떠드는 소리가 더 커졌다. 무대 위 주인공이라 누구도 말리는 사람이 없었다. 신나게 이야기하던 1학년 아이가 목에 메고 있던 목걸이를 빼서 머리 위로 돌리기 시작했다. 창가에 앉아 지켜보던 엄마 눈에 아들의 모습이 포착됐다. 엄마는 아이에게 눈총을 쏘기 시작했다. 아들하고 눈이 마주치지 않자, 손가락으로 브이를 만들어 자기 눈에 댔다 아들에게 날렸다. 여러 차례 엄마의 눈총을 요리조리 잘 피하던 아이는 목걸이를 더욱 힘차게 돌려댔다. 뱅글뱅글 돌던 목걸이는 결국 툭하는 소리와 함께 폭탄처럼 온 사방에 터졌다. 눈총 쏘던 아이 엄마는 사탕 폭탄에 고개를 푹 숙이고 말았다. 입학식 사회를 보며 이 광경을 지켜보고 있던 나도 미래가 그려져 고개를 숙였다.

무대 위에 있던 아이들은 6학년 형들이 준비한 축하 공연을 보기 위해 아래로 내려왔다. 공연을 보고 있는 신입생 한 명 한 명 찬찬히 살펴보던 중 한 아이의 모습이 시선을 사로잡았다. 지난해 가르쳤던 우주 동생 경호였다. 아직 기저귀도 못 뗐다는 풍문도 들리던 아이였다. 경호는 사탕 목걸이를 목에 걸고 선물로 받은 가방을 꼬옥 안은 채 미간에 주름이 가득한 얼굴로 공연을 보고 있었다. 아이 표정은 마치 '아! 이 힘든 학교를 어찌 다닐꼬?'라고 말하는 것 같았다.

새로운 환경에 들어선 아이들 모두 불안과 걱정이 가득할 것이다. 떠들던 아이들도 불안했을 거고, 사탕 터뜨린 아이도 많은 사람들의 시선이 부담스러웠을 것이다. 입학식은 선생님들보다 아이들이 더 힘든 날이었다. 새롭게 시작하는 입학식 날, 다짐해 본다.

'덜어 줄게, 함께 할게. 고양이의 가르침처럼!'

신입생의 가장 큰 목표는 '적응'입니다.

눈물 바다

아침 출근길이 막혔다. 시골 학교 출근길이 막히는 경우는 흔하지 않다. 막힌 길을 벗어나자 오른발에 더욱 힘이 가해졌다. 마음이 바빠진 이유는 지난 아침 교실에서 만난 소윤이 때문이었다.

소윤이는 어두운 교실에서 혼자 울며 서 있었다. 엄마의 이른 출근으로 아침 일찍 교실에 혼자 있게 된 것이었다. 입학식 후 처음 등교하여 어두운 교실에 혼자 있게 되었으니 눈물이 날 만도 했다. 더 일찍 온 예령이는 가방만 남겨 두고, 언니 교실에서 놀고 있었다. 예령이와 언니에게 일찍 오면 우리 교실에서 놀라고 했다. 선생님도 일찍올 거지만 먼저 오면 교실에 불도 켜고, 난방 스위치도 올려놓으라고 알려 주었다.

주차를 하고, 바쁜 걸음으로 교실로 향했다. 신발도 갈아 신지 않

고 교실로 들어갔다. 불이 켜져 있는, 따뜻해진 교실에서 소윤이가
환하게 웃으며 인사를 했다. 예령이 언니 예솔이에게 물었다.

"예솔이가 불 켜 났니?"

"아니요."

소윤이를 보며 물었다.

"그럼 소윤이가 불 켰어? 교실 따뜻하게 하는 스위치도 누르고?"

소윤이가 고개를 끄덕였다. 하루 만에 놀랄 정도로 잘 적응한 소윤
이가 기특했다.

수업 시작을 알리는 종이 울렸다.

"얘들아, 자리 앉아라. 공부 시작하자."

아이들은 하나 둘 자기 자리를 찾아 앉았다. 한 아이가 자리로 가
지 않고 교실 앞으로 걸어 나왔다. 소윤이였다. 소윤이의 두 눈가는
발갛게 변해 있었고, 눈물이 하염없이 흘러내리고 있었다.

"소윤아, 왜 그래? 누가 때렸니?"

소윤이는 고개를 가로저었다.

"머리 아프냐?"

소윤이는 고개를 위아래로 끄덕였다. 손을 이마에 갖다 대자 미열
이 느껴졌다.

"보건실에 가서 좀 누워 있자."

소윤이를 보건실에 데려다 주고 돌아와 수업을 시작했다. 교실에
서 지켜야 할 규칙에 대한 이야기를 나누는 중에도 두 녀석이 투닥

거리며 말다툼을 하였다.

"자꾸 까불지 마라!"

"같은 나이는 까불어도 돼!"

둘 다 까불고 있네.

수업을 마치고 보건실로 향했다. 보건실 바닥에 앉아 있는 소윤이와 눈이 마주쳤다. 눈물은 그쳤으나 표정은 교실에서와 크게 다를 바 없었다. 보건 선생님은 소윤이가 엄마, 아빠에게 전화로 계속 집에 가고 싶다는 말을 했다고 전해 왔다.

'분리 불안!'

소윤이에게 교실로 가자고 손을 내밀었지만 고개를 저었다. 한 발 물러섰다. 교실로 돌아와 어린이집 친구 예림이에게 도움을 청했다. 예림이는 소윤이를 위해 손을 내밀었고, 몇 번의 설득 끝에 함께 교실로 돌아올 수 있었다.

교실로 돌아온 소윤이는 예림이와 잠깐 아이클레이에 열중했으나 수업 시작 소리에 또 소리 없이 눈물을 흘리기 시작했다. 자기 자리에 앉지 않으려는 소윤이를 위해 선생님 의자 옆에 자리를 하나 더 만들어 앉혔다. 하루 종일 교실은 소윤이의 눈물로 촉촉이 젖어 있었다.

다음 날 아침이었다. 평소보다 더 일찍 출근하여 아이들을 기다리고 있었다. 울보 소윤이는 예림이와 함께 교실에 들어왔다. 두 눈에서 눈물이 줄줄 흐르고 있었다. 교실 앞 선생님 옆자리에 앉혔다. 아이들에게 색칠 학습지를 나눠 주었다. 소윤이에게도 주었으나 고개를 절레절레 흔들었다. 소윤이는 슬플 때마다 고개만 흔든다.

'삐삐!'

그때 재우 엄마한테서 문자가 왔다. 옆에 앉은 소윤이에게 읽어 보게 했다.

"어제 실내화 사 왔는데…."

또박또박 글을 읽는 모습에서 똑똑함이 뚝뚝 떨어졌다. 소윤이의 눈물이 쏙 들어간 것 같아 자리에서 일어섰다. 따뜻한 커피 한 잔이 생각나 교무실로 향하는데, 교실 문으로 가기도 전에 소윤이 두 눈에서 또 눈물이 쏟아져 내리고 있었다. 커피 마시기를 포기하고 소윤이와 나란히 앉아 아이들 색칠 공부하는 모습을 바라보았다.

복도에서 시끌벅적한 소리가 나기 시작했다. 뒷문 쪽에서 나는 소리 주인공은 하린이네 가족이었다. 하린이 동생 세린이는 유치원에 올 때마다 운다. 작년에도 하린이와 떨어지기만 하면 우는 세린이가 걱정스럽긴 했었다. 언니 하린이가 학교에 입학하면 혼자 어떻게 유치원에 다닐까 하던 걱정은 현실이 되었다. 매일 아침마다 세린이 우는 소리가 하루의 시작을 알리는 신호가 되었다. 그런데 울음의 주인공이 세린이일 거라는 예상은 금방 깨졌다.

"싫어!"

울음 섞인 하린이 목소리가 들렸다. 소리 나는 쪽으로 다가가자 동생은 보이지 않고 하린이와 엄마가 구경하는 유치원 선생님과 몇몇 아이들 앞에서 실랑이를 하고 있었다.

"싫어!"

"안 돼! 들어가!"

동생 세린이가 아파서 병원에 가려는데 하린이도 같이 가겠다고 하는 것이었다. 많은 관중들 앞에서 하린이 엄마는 어쩔 줄 몰라 하셨다. 선생님과 아이들 앞에서 감정을 누그리며 달래 보지만 하린이는 꿈쩍도 하지 않았다.

"하린이 어머니, 병원 같이 갔다 오세요."

동생이 있는 차에 탄 하린이는 금방 울음을 그쳤다. 하린이 어머니는 사실 세린이보다 하린이가 더 걱정이라고 말씀하셨다. 동생은 떨어지는 순간만 울다 그치지만 언니는 일어나지 않은 일을 머릿속에 그리며 불안해 한다는 것이다. 병원에 갔다 와서는 교실로 잘 들어오겠다는 약속을 받고서 하린이를 보냈다.

교실로 돌아오자 소윤이는 또 눈물을 졸졸졸 흘리고 있었다. 얼른 아이들 개인 사진을 찍고, 출력한 사진을 소윤이에게 나눠 주는 심부름도 시켰다. 소윤이 눈물이 마를 때쯤 하린이가 나타났다. 출발할 때 약속은 어디가고 붉게 충혈된 눈에서 눈물을 쪼르르 흘리며 교실로 들어왔다.

수업을 마치고 점심을 먹고도 아이들 눈물은 마르지 않았다. 소윤이는 아이들 모두가 참여하는 미술 수업을 가지 않겠다고 눈물을 흘렸고, 미술을 잘하고 온 하린이는 엄마가 데리러 오지 않는다고 슬픔을 토해 냈다. 두 아이로 인해 교실은 하루 종일 눈물 바다가 되었다.

하루를 마치고 집으로 가기 위해 내려온 소윤이와 정윤이를 만났다. 실내화를 갈아 신는 아이들 앞에 한쪽 무릎을 꿇고 앉았다.

"오늘 어땠어?"

소윤이가 밝게 웃으며 대답했다.

"재밌었어요."

밝게 웃는 소윤이 모습에 힘을 얻어 또 물었다.

"소윤아, 학교는 어떤 곳이야?"

소윤이가 눈을 꿈벅이는 동안 옆에서 듣고 있던 정윤이가 대신 대답했다.

"엄마 없는 곳."

그렇구나. 아무리 재미있고, 아무리 좋은 사람이 많아도 학교는 엄마 없는 곳이었다.

"소윤아, 엄마 보고 싶냐?"

"네!"

그래, 선생님도 엄마 보고 싶다. 엄마!

그대가 원하신다면!

"선생님, 손에 건데기 언제 생겨요?"

열심히 연필로 글자를 쓰던 한빛이가 고개를 들고 쳐다보며 물었다. 곰곰이 한빛이 질문을 되새기다 며칠 전 연필을 오래 쓰면 손가락에 굳은살이 생겨서 안 아프다는 말을 했던 기억이 떠올랐다. 굳은살을 건데기로 표현하다니. 그래도 선생님 말을 귀 기울여 들었던 흔적은 남아 있었다.

'손이 많이 아픈가 보구나.'

입학한 지 며칠 되지 않아 연필로 뭔가를 자꾸 쓰려니 어지간히 힘든가 보다. 가운데 손가락을 활짝 펴고 아이들에게 한 명씩 나와서 만져 보라고 했다. 누가 옆에서 지켜보면 담임 선생님이 아이들에게 손가락 욕을 날리고 있다고 생각할지도 모르겠다.

"우와!"

아이들은 서로 먼저 손가락의 굳은 살을 만져 보려고 자리다툼을 했다.

어깨를 활짝 펴고, 턱을 당기며 한마디 했다.

"40년 정도 쓰면 이렇게 돼."

선생님 손가락을 만져 보고 자극이 된 아이들은 열심히 글을 쓰기 시작했다. 그런데 5분도 채 지나지 않아 성율이가 어깨를 늘어뜨리며 말했다.

"아, 공부하기 싫다."

달랑 한 바닥 글자 쓰기가 힘들다는 성율이 말에 웃음이 새어 나왔다. 혼자 킥킥거리며 위로의 말이라도 건네려는데 동찬이가 크게 소리쳤다.

"너 바보 돼!"

짝꿍인 호영이가 한마디 더했다.

"맞아, 글자 모르면 바보 돼!"

앞에 앉아 글자를 그림처럼 그리던 태식이도 거들었다.

"맞아, 글자 모르면 아무것도 못해!"

성율이는 눈길 한 번, 대꾸 한 번 없이 다시 '나비'를 써 내려가기 시작했다. 힘들긴 마찬가지일 텐데 구박하는 친구들이 밉겠다. 계속 글자 쓰는 일은 누구에게도 도움되지 않으리라.

"공책 넣으세요. 그림책 읽어 줄게."

"우와!"

레오 리오니의 『새앙쥐와 태엽쥐』를 폈다. 책을 읽은 후 몇 가지 질문을 했다.

"보라색 조약돌이 어디 있었지?"

"상자 밑이요."

"새앙쥐는 무슨 소원을 빌었을까?"

"태엽쥐를 새앙쥐로 만들어 달랬어요."

그림을 자세히 보아야만 알 수 있는 질문과 선생님 이야기를 잘 들어야만 대답할 수 있는 질문들에 대답을 곧잘 했다. 역시 모두 초롱초롱 빛나는 눈으로 쳐다본 결과였다.

"아, 재미있다."

공부하기 싫다던 성율이가 웃으며 혼잣말을 했다.

'그래, 한글 쓰기는 조금, 책 읽어 주기는 많이!'

그대가 원하신다면!

공부하고 간식도 함께 냠냠!

가르치려 들지 마라

"이거 뭐야?"

아침 일찍 주완이와 나란히 앉아 물었다. 10칸 각두기공책에 있는 글자를 짚어 가며 물었다.

"…."

주완이는 대답이 없었다.

매일 아침마다 주완이와 한글 공부를 한다. 주완이는 입학 때부터 이름 석 자 밖에 쓰지 못했다. 자기 이름에 있는 '이'자도 다른 글자들과 섞여 있으면 읽지 못했다. 어려서부터 듣고, 말하기 과정이 제대로 이루어지지 않았기 때문이다.

주완이는 아주 해맑고 순수한 아이다. 처음 말문을 여는 데는 한참이 걸렸지만 얼굴을 트고, 조금 친해지자 곧잘 장난도 치는 밝은 성격이다. 친구들과 피구를 할 때에도 항상 얼굴에 웃음이 가득했다. 하지만 한편으로는 여린 마음을 가졌다. 친구들이 조금만 자기에게 싫은 소리를 하면 그 순간부터 큰 소리로 울어 대기 시작했다.

"으아앙."

리듬을 타며 엄청난 소리로 울어 댔다. 눈물, 콧물은 기본이고, 앉은 자리에서 눈물이 마를 때까지 울어 댔다. 어린이집에서도 유명했다고 효섭이가 살짝 귀띔도 해 주었다.

오늘 아침도 조짐이 좋지 않았다. 첫 번째 낱말인 '가지'에서부터 막히고 있었다. 깍두기공책에는 학기 초부터 공부해 온 받침 없는 글자가 적혀 있었다. 처음부터 계속 반복해 읽고, 새로 배운 글자들을 추가로 늘려 가고 있었다. 매일 읽는 글자들이라 '가지'를 모를 리 없었으나 주완이는 말문을 꾹 닫고 눈만 꿈벅거리고 있었다.

주완이 눈치를 슬슬 봐 가며 재촉을 했다.

"어서 읽어 봐."

그래도 꿈쩍을 않았다.

"가지! 따라 읽어 봐."

그래도 꿈쩍 않았다. 마음이 급해졌다. 아침 시간이 점점 흘러가고 있었다. 한 글자라도 더 가르쳐야 하는데 오늘은 허탕을 치겠다는 마음이 들었다. 급해진 마음이 화로 바뀌려고 했다. 그렇지만 화를 내면 주완이 울음보가 터질 게 분명했고, 모두에게 좋지 않은 결과가 나올 게 분명했다. 마음을 다스리고 차분한 목소리로 솔직한 속마음을 주완이에게 말했다.

"주완이가 글자를 안 읽어서 선생님은 지금 많이 속상해."

결국 꿈벅이던 주완이 두 눈에서 눈물이 주르륵 흘러내렸다. 다행히 교실이 떠나갈 듯한 울음소리는 나오지 않았다. 멀리서 앉아 아침 자습을 하던 가윤이가 자동으로 앞으로 걸어 나왔다. 가윤이는 주완이 옆에 앉아 등을 토닥이며 달래 주었다.

주완이 공책을 단짝 성혁이에게 전하고, 별명을 부르며 부탁했다.

"고선생, 주완이 글자 공부 좀 도와줄래?"

주완이를 성혁이에게 맡기고 운동장으로 나갔다. 3교시에 계획되어 있는 합동소방훈련에 뭔가 도울 게 없나 살펴보기 위해서였다. 여기저기 둘러보고 다시 교실로 돌아왔다.

"푸하하하!"

"호호호홍!"

나란히 앉은 주완이와 성혁이 웃음소리가 교실에 울려 퍼졌다. 주완이와 성혁이는 공책을 가운데 두고 서로 이야기를 주고받았다.

"맞으면 아픈 거 뭐지?"

"주사!"

"푸하하하!"

"호호호홍!"

성혁이는 손으로 낱말을 짚어 가며 주완이에게 질문을 던졌다. 잘 모르는 글자는 자신만의 힌트를 전해 주었다.

"여자가 입는 게 뭐지?"

"치마!"

"푸하하하!"

"호호호홍!"

질문과 대답 뒤에는 꼭 그들만의 함박웃음이 뒤따랐다.

"다람쥐가 잘 먹는 거 뭐지?"

"도토리!"

"푸하하하!"

"호호호홍!"

성혁이가 뒤에 앉은 지우를 쳐다보며 주완이에게 질문을 보냈다.

"지우 이름에 개를 붙이면?"

"지우개?"

주완이 대답에 지우까지 세 사람의 웃음이 온 교실에 퍼져 나갔다.

주완이가 공부하던 글자를 섞어 성혁이에게 되레 질문을 던졌다.

"소주에 고추가 빠지면?"

무슨 고추인지는 알 수 없으나 질문을 받은 성혁이가 똑같이 되뇌었다.

"소주에 고추가 빠지면?"

"푸하하하!"

"호호호홍!"

글자 공부를 이렇게도 재미있게 할 수 있다니. 신선한 충격이었다.

"배훈 선생님 별명 뭐지?"

'내 별명이 뭘까?'

중학교 때 별명이 땅콩, 선생님이 되어서는 '삐뽀 선생님'. 살면서
많은 별명을 가져 보지 않아 궁금했다. 주완이는 글자를 보고는 잠시
의 고민도 없이 리듬을 타고 대답했다.

"배~추!"

"푸하하하!"

"호호호홍!"

그래, 오늘 나는 그냥 '배추', 성혁이는 훌륭한 '고선생님'이었다.

가르치려 들지 마라. 아이들로부터 또 배운다.

아이♥들은 변장한 스승이♥다.

틈이 되려나 봐

2018년 4월 27일.

남, 북 정상이 판문점에서 회담을 갖는 역사적인 날이다. 김대중, 노무현 대통령에 이어 세 번째 맞는 남북 정상회담이다. 회담이 성사되고 중간에 혹시나 무슨 일이 생기면 어떡하나 조마조마하며 며칠을 보냈다. 드디어 기다리고 기다리던 그날이 왔다. 교무실에서 교감 선생님은 선생님들에게 중요한 제안을 내놓으셨다.

"오늘 같은 날은 수업이 중요한 게 아니에요. 이 역사적인 순간을 모두 함께하는 게 어떨까요?"

교감 선생님 말씀에 백번 동감했다. 하지만 아직 어린 1학년 아이들이 남북 정상 회담을 어떻게 생각할까 하는 생각도 들었다. 우리 할머니가 6·25 전쟁 때 폭탄 터지는 소리에 귀가 안 들렸다는 얘기를 듣고는 심각한 표정을 한 아이들을 믿어 보기로 했다.

텔레비전을 켜고, 의자를 가져다 아이들 옆에 자리를 잡고 앉았다. 기다리는 동안 아이들에게 물었다.

"오늘 우리나라와 북한 대통령이 왜 만나는 걸까?"

민재와 재우가 똑똑한 목소리로 대답했다.

"안 싸우려고!"

"화해하려고!"

역시 기대를 저버리지 않는 훌륭한 아이들이다. 잠시 후 판문각 문이 열리고 김정은 위원장 일행이 걸어 나왔다. 계단을 내려온 김 위원장은 곧장 걸어와 군사분계선을 넘어 문재인 대통령과 손을 맞잡았다. 두 사람이 몇 마디 말을 나눈 뒤 손을 잡고 군사분계선을 넘어 북쪽으로 넘어갈 때는 저절로 손뼉이 마주치고, 두 눈에 눈물이 고였다. 감동에 휩싸여 있을 때 동윤이가 한마디 했다.

"말이 안 들려!"

들릴 턱이 없지. 듣고 있던 재우가 또 대답을 했다.

"마음의 소린가."

다시 남쪽으로 내려온 두 정상에게 화동이 꽃을 전했다. 아이들은 판문점 주변에 있는 초등학교에 다닌다는 설명도 들려왔다.

"꽃은 왜 줘?"

동윤이가 두 눈을 동그랗게 뜨고 물었다.

"사랑하니까. 크크."

웃기는 대답은 언제나 승범이 몫이다. 성현이가 진지하게 대답했다.

"손자 아냐?"

자세한 설명이 없었더라면 그렇게 생각할 수도 있겠다.

두 정상은 나란히 걸어 내려와 전통 의장대의 사열을 받았다. 옛날 장군과 병사들 복장을 한 전통 의장대 복장이 멋졌다. 태권도 학원에 다니는 민재가 밝게 웃으며 말했다.

"빨간 띠, 파란 띠야!"

"나는 흰 띠였는데."

태권도를 그만둔 민준이가 한마디 했다. 노란 옷에 파란 띠를 매고 악기를 부는 군인을 보고 승범이가 반갑게 말했다.

"나도 파란 띤데!"

김 위원장 뒤에서 가방을 든 여자가 급하게 스쳐 지나갔다.

"아줌마가 뛰어가네."

아이들 눈에 비친 아줌마는 김 위원장 여동생인 김여정이었다.

두 정상은 남, 북한 고위급 인사들과 악수를 하고, 기념 촬영도 하였다. 텔레비전 속 김정은 위원장을 유심히 쳐다보던 승범이가 뭔가를 발견했다.

"머리 뒤에 뭐가 있어요."

승범이 말을 듣고는 아이들도 김 위원장을 더욱 자세히 쳐다보았다. 김 위원장 뒤통수에는 바짝 깎은 머리카락 밑으로 살과 살이 접혀 가로로 깊은 골이 패여 있었다. 안 그래도 동그란 눈을 더욱 크게 뜨고 동윤이가 큰 소리로 외쳤다.

"입 아니야?"

동윤이 말을 그분이 들었더라면 마음의 상처가 얼마나 컸을까.

두 정상은 평화의 집으로 들어갔다. 방명록에 사인하는 모습을 보고 민재가 의미 있는 한마디를 했다.

"팀이 되려나 봐."

그랬다. 오늘은 남, 북이 새로운 팀이 되기 위한 출발점이었다. 지난 수십 년 동안 언제 일어날지 모르는 전쟁의 불안 속에서 살아왔다. 서해교전, 천안함 침몰, 연평도 포격 사건 등이 일어날 때마다 금방이라도 전쟁이 날 것 같은 불안감은 더욱 커져 갔다. 아침마다 따뜻한 물로 머리를 감을 수 있다는 감사함이 생긴 것도 전쟁 위기 때문이었고, 어느 날 아내가 싸 둔 정체불명의 가방이 생긴 것도 그 때문이었다. 그 가방에는 돈 3만원과 즉석밥, 그리고 어디에 효과가 있는지 모를 호랑이 연고도 들었다고 아내가 귀띔해 주었다.

모두가 말하는 '우리의 소원은 통일'까지 기대하지 않는다. 다만 언제 일어날지 모르는 전쟁의 불안만이라도 사라지길 바란다. 한 가정에서 부모가 마음이 맞지 않아 맨날 싸우는 것보다 차라리 헤어져 따로따로 행복하게 사는 것이 자식을 위하는 길일 수도 있다. 부모의 잦은 싸움에 불안과 공포로 자란 아이가 어떻게 바르게 자라고, 행복할 수 있을 것인가.

시간이 흘러 쉬는 시간이 되었다. 두 정상이 보여 준 감동의 발걸음을 뒤로 하고 텔레비전을 끄고 외쳤다.

"얘들아, 쉬는 시간!"

"와!"

우르르 몰려 나가는 아이들 입에서 노래가 쏟아졌다.

"쉬는 시간 너무 좋아! 예예! 쉬는 시간 너무 좋아! 예예!"

앞으로도 평화가 가득한 이 땅에 우리 아이들의 행복한 노랫소리가 널리널리 울려 퍼지길 간절히 바란다.

우리처럼 같은 팀이 되면 평화가 와요

더 귀 기울이라는

아침에 교실로 들어온 소정이가 가까이 다가왔다. 평소에는 멀찍이서 인사하고 자기 자리에 가방을 가져다 놓던 아이였다. 손에서 뭔가를 내밀었다.

"그게 뭐야?"

"네잎 클로버!"

소정이 손 안에는 네잎 클로버가 들어 있었다. 생생한 네잎 클로버를 본 건 처음이라 신기해서 물었다.

"어디서 났어?"

"집 앞에서….."

네잎 클로버를 선생님께 전해 주는 소정이 마음이 따뜻하다. 소정이가 전해 준 네잎 클로버가 오늘 어떤 행운을 가져다줄까?

그런데 긴급 상황이 발생했다. 일기 예보에서 오늘밤부터 내일까지 계속 비가 온다는 소식이 전해졌다. 내일로 예정되어 있던 운동회를 연기할지 말지를 오전 중에 결정해야 했다. 교장 선생님과 마주 앉았다. 교장 선생님은 '131'로 전화를 거셨다. 전화에서는 비 올 확률이 75%에서 90%라고 했다.

"교장 선생님, 운동회를 연기했을 때보다 안 했을 때 문제가 더 큽니다."

교장 선생님께 과감하게 연기를 권했다. 곰곰이 생각하시던 교장 선생님도 고개를 끄덕이셨다. 운동회를 연기하기로 결정하였다.

학부모와 관련 기관에 연락을 하고, 운동회 업체, 당일 뷔페 업체에도 모두 연락을 취했다. 그런데 운동회 날에 부모님이 도시락을 싸 오기로 한 터라 내일 아이들 점심이 걱정이었다. 영양사 선생님은 최소 일주일 전에 재료를 주문해야 하기 때문에 정상 급식은 불가능하지만 대신에 빵과 우유, 과일은 제공할 수 있다고 하였다. 아침을 거르고 오는 아이들도 있는데 점심이 조금 부실할 것 같았다. 교무실에서 선생님들과 의논 끝에 학년별로 아이들과 음식을 만들어 먹기로 의견을 모았다.

교실로 돌아오자 중간 놀이를 끝내고 아이들이 우르르 들어왔다.

"똘똘이가 다경이를 발로 찼어요."

오전 내내 작은 말썽을 부려 대던 똘똘이가 또 사건을 만든 것 같았다. 다경이 얼굴을 살펴보니 괜찮아 보였다.

"똘똘이, 친구들 때리면 안 돼!"

아이들에게 내일 운동회가 연기됨을 알렸다. 그 대신 다같이 음식을 만들어 먹기로 하고 뭘 만들어 먹을지 의논해 보기로 했다.

"컵라면 어때?"

"싫어요. 엄마가 컵라면 먹으면 키 안 큰댔어요."

모두가 좋아할 거라 생각했으나 한빛이 반대가 강력했다.

"나는 라면이요."

쌍둥이 한울이는 라면이 좋다고 했다. 역시 쌍둥이들은 생긴 것만 닮았다.

"짜장면이나 새우 초밥이요."

다경이의 실현 불가능한 의견도 있었고, 성율이는 유부 초밥을, 태식이와 호영이는 고추장밥, 동찬이랑 은서는 볶음밥을 해 먹자고 했다. 소정이는 김밥을 해 먹고 싶다고 했다.

"선생님, 삼겹살 구워 먹어요."

한빛이 의견이 제일 와 닿았으나 실현 불가능했다. 안전하고, 아이들이 간단하게 준비할 수 있는 음식이어야 했다. 태식이와 호영이 의견인 고추장밥이 비빔밥을 말하는 것 같았다. 예전에 급식이 없을 때 큰 양푼에 모둠별로 도시락 밥과 반찬을 모두 섞어 먹던 기억이 떠올랐다.

"얘들아, 우리 양푼 비빔밥 해 먹자!"

비빔밥에 들어갈 재료를 역할 분담하기로 했다. 밥은 무거우니 선생님이 준비하기로 했다. 성율이는 스팸을 구워서 온 댄다. 다경이는 시금치, 은서는 콩나물, 동찬이는 고추장, 호영이는 김치를 준비하기로 했다. 쌍둥이는 달걀 프라이를 9개 구워 온다고 했다.

"10개 해야지!"

센스 있는 호영이가 선생님 몫까지 알려 주었다. 호영이 아니었으면 내 비빔밥만 가난할 뻔했다. 참기름은 태식이가 준비하고, 큰 양푼은 소정이가 가져오기로 했다.

필요한 준비물을 아이 부모님들께 메시지로 보냈다. 모든 부모님들이 흔쾌히 준비해 주시겠다는 연락이 왔다. 소정이 어머니는 돼지고기 간 거에 양파랑 버섯을 양념해서 볶아 보내 주겠다고 하셨다. 밋밋할 뻔한 비빔밥이 고급지고, 화려한 모습으로 변하게 되었다. 행운이다. 네잎 클로버의 효력인가!

집에 돌아와 저녁을 먹고 소파에 앉았다. 아내가 한마디 건넸다.

"빗소리 참 좋다."

빗방울이 창문을 두드리는 소리가 여간 구수하지 않았다. 비와 함께 운동회 연기에 대한 부담도 싹 씻겨 내려갔다. 행운이었다.

"따르릉."

휴대폰 화면에는 '김다경 조부'라고 적혀 있었다. 늦은 밤에 다경이 할아버지가 무슨 일로 전화를 하셨을까? 내일 있을 비빔밥 만들기는 퇴근 전에 다 말씀 드렸는데….

"선생님, 다경이 허리에 멍이 시퍼렇게 들었어요."

할아버지 말씀을 듣는 순간, 낮에 무심코 흘려 버렸던 장면이 떠올랐다. 아이들이 한 말에 조금 더 귀담아들었어야 했는데.

"할아버지, 정말 죄송합니다."

할아버지께 사과 외에는 드릴 말씀이 없었다.

"아니에요, 선생님. 밤늦게 전화해서 죄송합니다."

무관심한 담임 선생님을 문제 삼아 여러 사람들 입에 오르내릴 수 있는 일을 오히려 늦게 전화해서 죄송하시단다. 행운도 이런 행운이 없었다.

무심코 보면 네잎 클로버를 찾을 수 없다. 아이들 말도 귀 담아 듣지 않으면 들리지 않는다. 소정이가 건네준 네잎 클로버는 더 열심히 아이들 말에 귀 기울이라는 사랑의 선물이었다.

하늘 높이 올라라, 두려워 말고.
나의 네잎 클로버들아.

스티커가 닦아 준 눈물

"너무 일찍 가는 거 아니에요?"

출근 시간이 빨라져서 나온 아내의 투정이었다. 아침마다 울며 오는 소윤이를 맞이하기 위해 어쩔 수 없이 아내를 일찍 내려놓고 와야만 했다.

엄마 차를 타고 일찍 오던 소윤이가 할머니랑 택시를 타고 학교에 늦게 왔다. 여느 때와 다르게 펑펑 소리 내어 울고 있었다. 지난밤 아빠한테 많이 혼났다는 말을 할머니가 전해 주셨다.

점심시간 밥을 먹으며 지난 밤 있었던 일을 소윤이에게 물어보았다. 소윤이는 저녁 먹다 있었던 일을 생생하게 들려주었다. 학교 이야기가 나오고, 소윤이가 가기 싫다고 하자 아빠가 화가 났다고 했다. 아빠가 한 말을 더욱 실감나게 들려주었다.

"아빠가 학교 가기 싫으면 너는 개집에서 살라고 했어요. 할머니가 말려 줬어요."

아이가 힘들었을 상황과 부모님 속상한 마음까지 느껴졌다. 소윤이를 돌봄 교실에 보내고, 소윤이 아빠에게 전화를 걸었다. 소윤이 아빠는 밥을 먹다 일어난 일은 맞지만 소윤이가 전한 만큼 심각한 건 아니었다고 변명 아닌 변명을 하셨다. 소윤이가 왜 그러는지 도무지 이해를 못하겠고, 어떻게 해야 할지도 잘 모르겠다고 하셨다. 아빠의 이야기를 듣고 소윤이가 우는 건 힘들다는 것을 나타내는 신호이고, 새로운 환경은 누구에게나 힘든데 특히 소윤이가 더 힘들어 한다는 것을 말씀 드렸다. 소윤이가 잘 적응하기 위해서는 몇 마디 말이나 겁이 아니라 힘들어 하는 상황에 손을 내밀어 주어야 함을 강조했다. 점점 나아질 거라는 확신도 드렸다. 소윤이 아빠와 전화 속에서 두 손을 불끈 잡고 잘해 보자고 다짐을 했다.

모든 일과가 끝나고 학원 차를 타러 갔던 소윤이가 도로 돌아왔다. 며칠 잘 타고 가던 학원 차를 안 타겠다고 버텼다. 울면서 버티는 아이를 억지로 태울 수는 없었다. 어쩔 수 없이 돌봄 선생님이 마치고 데려다주기로 하셨다. 며칠 다녀 보니 학원 차나 학원도 안심이 안 되나 보다.

저녁이 되어 돌봄 선생님 문자가 왔다. 사진도 한 장 덧붙여 왔다. 돌봄 선생님 집에서 환하게 웃고 있는 소윤이 모습이었다. 너무 울어 돌봄 선생님 집으로 데리고 왔다고 했다. 집에 와서는 침대에서 뛰고, 냉장고 문도 열어 보고, 마당에서 신나게 놀았다고 했다.

그날 퇴근하고 소윤이를 데리고 가던 아빠는 소윤이에게서 돌봄 선생님과 살고 싶다는 충격적인 이야기를 들었다고 하셨다.

소윤이 눈물을 위해 관심 가져 주는 사람은 돌봄 선생님뿐만이 아니었다. 교감 선생님도 일찍 오는 소윤이를 위해 출근 시간을 앞당기셨다. 학교에 제일 일찍 오는 3학년 성율이는 소윤이가 오기 전에 교실 불을 켜 놓고 기다려 주기도 했다. 교장 선생님은 점심시간마다 소윤이를 찾아오셨다.

"오늘은 안 울었어?"

"네!"

"대단해! 계속 안 울 거지? 약속!"

복도에서 소윤이를 만났을 때는 두 딸을 키운 실력으로 머리를 예쁘게 묶어 주셨다.

하루를 무사히 보내고, 집에 갈 시간이 다가왔다. 학원 차를 타지 않으려는 소윤이가 집에 갈 시간이 되면 긴장이 되었다. 교실 앞문이 열리고 소윤이가 돌봄 선생님과 함께 들어왔다.

"소윤이, 3시 차 타고 갈 거예요."

소윤이 입에서 나온 제일 기분 좋은 말이었다. 소윤이를 데리고 학원 차로 갔다. 벤치에 앉아 쉬고 계신 학원 차 할아버지께 인사를 드렸다. 그리고, 소윤이를 할아버지께 소개했다.

"할아버지, 얘 이름이 소윤이에요. 학원까지 잘 부탁 드립니다."

"소윤아, 학원 차 할아버지 알지? 할아버지가 학원까지 매일 잘 데려다주실 거야."

할아버지와 인사가 끝나고, 학원 차에 소윤이를 태웠다. 미리 온 성율이가 맨 뒷줄에 앉아 있었다. 소윤이를 성율이 옆자리에 앉히고 성율이에게 부탁했다.

"성율아, 소윤이 학원까지 손잡고 잘 데리고 가 줘."

"소윤아, 언니랑 같이 학원 가."

학원 차가 출발하기를 기다렸다 문득 생각이 떠올랐다.

"소윤아, 핸드폰 줘 봐."

소윤이 핸드폰을 받아 얼른 번호를 저장했다.

"소윤아, 이거 선생님 핸드폰 번호야. 학원 가면 선생님한테 전화 해."

"네!"

학원으로 출발하고 채 10분도 되지 않아 한 통의 전화가 걸려왔다.

'소윤이!'

전화를 받았다.

"선생님, 소윤이 학원 잘 왔어요."

드디어 소윤이 눈물이 마르게 된 것 같아 가슴이 뭉클했다. 주변 사람들이 보여 준 이해와 배려 덕분에 드디어 우리 소윤이의 눈물이 마르게 된 것이다. 돌봄 선생님, 성율이 언니, 친구 예림이, 교장 선생님, 교감 선생님, 그리고, 아내까지. 많은 사람들 덕분에 이런 날이 오게 된 것이다.

하지만 이런 기쁨은 채 하루를 넘지 못했다. 다음 날 같은 시간, 학원을 가지 않겠다고 눈물을 빼고 있는 소윤이를 마주하게 되었다. 이미 학원 차는 떠나 버렸고, 소윤이는 선 자리에서 꿈쩍도 하지 않았다. 학원에 데려다주겠다고 하지만 눈물과 함께 고개만 흔들고 있었다. 소윤이 엄마 퇴근 시간까지 학교에서 기다릴 수는 없었다. 소윤이를 달랑 안았다. 차에 태우고, 안전벨트를 매어 주었다. 학원 앞에 도착하였으나 차에서 내리지 않았다. 또 소윤이를 달랑 안았다. 소윤이를 안고 2층 계단을 올랐다. 학원 선생님에게 소윤이를 넘기고 계단을 내려오는 동안에도 울음소리는 계속 따라왔다.

하지만 이런 슬픔도 채 하루를 넘지 못했다. 수업이 끝나고 소윤이를 학원 차에 태우고 들어오는 돌봄 선생님을 만났다.

"선생님, 오늘은 소윤이 잘 갔나요?"

"네, 눈물 한 방울 안 흘리고 갔어요."

도대체 무슨 이유로 하루 만에 아무 저항 없이 학원 차에 올랐을까. 돌봄 선생님의 짧은 대답에 웃음이 새어 나왔다.

"스티커 주기로 했대요. 30개 모으면 선물 준대요."

소윤이 눈물은 많은 사람의 관심과 스티커가 닦아 주었다.

아이♥ 하나를 키우는 데는
학교 전체가 필요하다.

마음을 담아 들어주자

가윤이는 다른 사람 이야기를 귀 기울여 잘 듣는 아이다. 학교에서 일어나는 소소한 소식이나 동네 주변에서 일어난 잔잔한 이야기도 가윤이를 통해 전해 들은 것이 참 많다.

4학년 아이들이 6학년 형들이 만들어 준 떡볶이를 먹느라 체육 시간을 날려 버린 이야기나 4학년 성서경 선생님이 예비군 훈련 갔을 때 세 명의 박씨 선생님들이 대신 수업해 줬다는 소식도 친절한 가윤이 설명으로 알 수 있었다.

운동장에서 주워 온 옷을 찾아 주기 위해 6학년 재모가 교실에 들어오자 가윤이가 단번에 대답했다.

"그 옷 유치원 우진이 거예요. 3학년 하람이 언니 동생이에요."

며칠 전 유치원에 전학 온 아이임을 친절하게 알려 주었다.

4학년 성지가 학예회에 못 올 수도 있다는 얘기도 가윤이를 통해 전해 들을 수 있었다. 온몸이 간지럽고, 병명은 '두드러기'였다는 것도 상세하게 전해 주었다.

가윤이는 간간히 다른 이의 은밀한 속마음도 전했다. 성율이 언니가 6학년 오빠들 중 제일 좋아하는 사람이 박준서라는 사실도 슬며시 귀띔해 주었다. 가윤이 본인 생각도 슬쩍 덧붙였다.

"박준서 오빠는 웃기기만 하고 잘생기지는 않았어요."

다른 사람 이야기를 잘하는 가윤이는 귀 기울여 잘 들어주는 아이라고만 생각했었다. 하지만 그게 전부는 아니었다.

아침 일찍 학교에 오자마자 오후에 하기로 했던 조퇴를 취소했다. 큰 아이를 보러 가기로 했다가 포항 지진으로 수능이 연기되었기 때문이었다. 작년 지진 때는 어머니를 모시고 경주에 여행 갔다 숙소에서 놀라 도망쳐 나왔다. 올해는 아들 수능 전날 지진이 나서 사상 처음으로 수능이 연기되는 사태가 발생했다.

아이들도 하나둘 모여들더니 지진의 무용담을 털어놓기 시작했다. 지진은 누구에게나 신기한 일인가 보다. 아이들 이야기가 끝나갈 즈음 가윤이가 조용히 물었다.

"선생님 어머니 괜찮으세요?"

"어? 뭐가?"

"부산은 포항에서 가깝잖아요."

선생님 어머니까지 걱정하는 이 아이를 누가 예뻐하지 않을 수 있을까. 가윤이는 단순히 잘 들었던 게 아니었다. 다른 사람에 대한 관심과 사랑을 담아 들었던 것이다.

'들어주자, 기다려 주자'

아이들을 가르치며 지키려고 노력했던 좌우명을 수정하기로 했다.

'마음을 담아 들어주자, 기다려 주자!'

마이크 시험 중. '마음을 담아 들어주자!'

시를 읽다

점심을 먹고 도서실로 향했다. 문 바로 옆 책꽂이에서 똑같은 책 11권을 꺼내 들었다.

『쫀드기 샘 찐드기 샘』

최종득 선생님 시집이었다.

교실로 돌아와 아이들에게 책 한 권씩 나눠 주었다. 5교시는 아이들이 시 한 편을 골라 친구들 앞에서 읽어 주기로 하였다.

"이 시를 쓴 사람은 선생님 후배야."

"선생님, 후배가 뭐예요?"

궁금한 눈을 하고 은비가 물어 왔다.

"학교에서 동생들이지. 우리 후배는 유치원 동생들이죠."

후배 중에 최종득 선생님 같이 훌륭한 시인이 있다는 건 엄청난 자랑거리다.

아이들에게 시 읽을 시간을 주었다. 읽다가 가장 마음에 와 닿는 시가 있으면 골라 놓았다 친구들 앞에서 읽기로 하였다. 앞서 여러 번 시집을 읽은 경험이 있어 아이들 모두 시집 속으로 쑤욱 빠져들었다. 처음으로 리한이가 손을 번쩍 들었다. 리한이가 고른 시는 「죽은 뱀」이었다.

"선생님, 이 시 아는 시예요."

"그래, 맞다. 지난 번 시집에 실렸던 시였지. 잘 아는구나."

1학년 아이가 시집에서 아는 시를 만나기는 쉽지 않은 일이다.

"95쪽 펴세요."

모두가 시집을 펴자 리한이가 읽기 시작했다.

"뱀은 죽어서도 자꾸만 죽습니다."

시를 읽고 아이들과 로드킬에 대해 이야기를 나누었다. 지우는 엄마가 멧돼지 가족을 차로 치었던 경험을 이야기했고, 민서는 아기 새를 피하지 못했던 안타까운 경험을 담담하게 전했다. 가윤이도 주말에 고라니를 칠 뻔했으나 천천히 가서 다행히 무사할 수 있었단다. 동물을 위해 엄마, 아빠가 천천히 운전하게 하자고 함께 다짐했다.

손을 든 순서대로 한 명, 한 명 시를 읽어 나갔다. 10명 중 9명이 시를 읽었다. 남은 한 명은 주완이. 글을 잘 읽지 못하는 주완이는 으레 책을 읽거나, 비슷한 수업을 할 때는 그냥 통과하는 게 암묵적인 원칙이었다. 시를 통해 아이들과 소통과 공감이 잘 이루어진 듯하여 흐뭇하게 수업을 마무리하려고 하였다. 순간, 눈앞에 놀라운 광경이 펼쳐졌다. 주완이가 손을 번쩍 들었다. 자리에서 일어나 손을 번쩍 들었다. 초롱초롱한 두 눈에서는 빛이 흘렀고, 입가에는 옅은 미소도 머금었다. 친구들 시선도 모두 주완이를 향했다. 깜짝 놀란 눈을 하고 물었다.

"주완이, 시 읽을 거야?"

"네."

"몇 쪽이야, 주완아?"

주완이 옆에 앉은 짝꿍 성혁이가 대신 대답했다.

"79쪽이요."

성혁이가 알려 준 쪽에 있는 시는 「바다에서는」이었다. 제목 정도는 주완이가 읽을 수 있어 보였다. 모두 책을 펼쳐 놓고 주완이가 읽기를 기다렸다. 주완이는 제목부터 한 글자 한 글자 또박또박 읽어 나갔다. 중간 중간 어려운 글자가 나올 때마다 옆에 앉은 성혁이가 낮은 소리로 읽어 주었다. 마지막 행까지 무사히 읽고 나자 친구들 모두 주완이에게 큰 박수를 보냈다. 나도 믿기지 않는 광경에 저절로 눈물이 고였다. 아침마다 한글 공부를 하지만 느는 속도가 더뎌 책을 읽고, 시를 읽을 때마다 제외 시켜 왔던 나의 태도가 부끄러워 나온 눈물이었다. 친구들이 시 읽고 있을 때 조용히 주완이가 읽을 수 있는 가장 쉬운 시를 고르고, 같이 읽어 준 성혁이가 고마워 나온 눈물이었다.

감동과 울림은 특별한 순간에 오는 것이 아니다.

교실에서는 흔한 일이다.

감동과 울림은 교실에서는 흔한 일이다.

*답장

선생님께

선생님, 안녕하세요.

제가 선생님한테 버릇없게 굴어서 죄송해요. 선생님한테 거지 같다고 해서 죄송해요. 선생님한테 못생겼다고 해서 죄송해요. 선생님 손에 주름 많다고 놀려서 죄송해요. 저도 이젠 안 놀릴게요.

안녕히 계세요.

성율이 올림

성율이가 보내온 편지다. 11월 11일 '친구 사랑의 날'을 맞이하여 평소 미안했거나 고마웠던 사람들에게 편지를 쓰기로 했는데 성율이가 먼저 사과의 글을 보내왔다.

성율이가 말을 솔직하게 하기 시작한 건 학교에 입학하고 얼마 되지 않아서였다. 아이들이 농담으로 선생님이랑 결혼하라고 하자 "못생겨서 싫어!"라고 한 방을 날리고 사라졌었다.

어느 날은 일기 검사하는 옆에 와서 쳐다보더니 "왜 이렇게 주름이 많아요?"라고 한마디 하고는 사라져 버렸다.

며칠이 지나 소정이랑 손뼉치기를 하는데 끼어들더니 자기도 시켜 달래서 손을 잡았다.

"선생님! 손에 왜 이렇게 주름이 많아요?"

성율이 말을 듣고 진짜 남들보다 손에 주름이 많은지 비교해 보기도 했다.

가을이 깊어가던 월요일 아침이었다. 입고 출근할 옷을 찾는데 시간이 많이 걸렸다. 간절기에 입을 겉옷이 마땅치 않았기 때문이었다. 한참을 살피다 10여 년 전 샀던 쥐색 점퍼가 눈에 들어왔다. 시내로 학교를 옮긴 후 얼마 되지 않아 비싸게 주고 샀던 점퍼였다. 하지만 최근 5년 동안 한 번도 입지 않았다. 비싸게 산 옷이라 버리긴 아깝고, 왠지 유행이 지난 것 같아 입고 나갈 자신도 없었다. 점퍼를 입고 거울 앞에 섰다. 오랜만에 입어서인지 괜찮아 보였다. 젊을 때 입었던 옷이니까 다른 사람 눈에도 젊어 보일 거라는 생각이 들었다. 아내도 괜찮다고 했다.

학교에 출근하자마자 열심히 아이들 한글을 가르치고 있었다. 아침 자습이 끝나 갈 무렵, 성율이가 교실로 들어왔다. 자리로 들어가던 성율이 시선이 나에게 꽂혔다. 불안했다. 가방을 두고 서서히 다가와 슬며시 말을 건넸다.

"선생님, 오늘 옷이 왜 이래요? 거지 같아요!"

1학년 꼬맹이 말이었지만 묵직한 한 방에 휘청거렸다. 마음을 달래기 위해 교무실로 커피를 한 잔 마시러 갔다. 교무실로 들어오던 조은애 선생님은 휘청거리던 나에게 KO 펀치를 날렸다.

"어, 선생님. 남의 옷인가요? 점퍼 어깨가 너무 내려왔어요."

퇴근길 차에서 내리자마자 점퍼를 재활용 박스에 넣어 버렸다. 역시 일 년 이상 안 입는 옷이나 물건은 과감하게 버려야 한다.

성율이 솔직한 말에 가끔씩 욱하기도 했다. 못생겼다고 놀릴 때는 '너도 솔직히 예쁜 얼굴은 아니거든!' 하고 얘기해 주고 싶은 충동도 많이 느꼈었다.

딱 일주일 지난 월요일 아침이었다. 주말 동안 머리도 깎고, 새로 안경도 맞추고, 오래되지 않은 겉옷으로 말끔히 차려 입고 교실로 들어섰다. 아이들과 반가운 인사를 하고, 한글 공부를 시작했다. 아침 자습이 끝나갈 무렵 성율이가 교실로 들어왔다. 자리로 들어가던 성율이 시선이 나에게 꽂혔다. 또 불안했다. 가방을 두고 서서히 다가와 슬며시 말을 건넸다.

"어, 선생님. 머리 잘랐네요?"

나는 입을 삐죽거리고, 목을 자르는 흉내를 내며 대답했다.

"야! 머리를 어떻게 자르냐? 머리카락을 자르겠지!"

성율이는 킬킬거리며 큰 소리로 노래를 불렀다.

"선생님! 선생님! 대머리 깎아라!"

"선생님! 선생님! 대머리 깎아라!"

열심히 공부하던 아이들도 신이 나서 따라 불렀다. 신나게 부르던 노래를 멈추고 성율이가 더 가까이 다가와 뚫어져라 쳐다보았다.

"어, 선생님! 안경도 바꿨네요."

변화가 싫어 살짝 색깔만 바꾼 안경을 성율이는 찾아낸 것이다. 성율이에게 품었던 섭섭했던 마음이 싹 사라졌다. 그동안 누구보다도 더 관심 있게 나를 지켜보았던 사람이 바로 성율이였다.

성율이 편지에 답장을 썼다.

성율이에게

성율이, 안녕.

선생님한테 편지 보내 줘서 고마워. 사실 선생님은 성율이가 버릇없다고 생각하지 않아. 선생님도 성율이가 좋아서 똥율이라고 장난을 치는 거랑 똑같은 마음이라고 생각해.

성율이만 보면 좋아서 장난을 치고 싶단다.

선생님은 성율이를 좋아해.

선생님이

보고 싶은 할머니

환절기라 많은 아이들이 감기에 걸렸다. 은서는 병원에 다녀와서 늦게 온다는 연락이 왔고, 쌍둥이 한울이, 한빛이는 3교시 후에 병원을 다녀오겠다고 했다. 동찬이와 소정이는 가방에 약을 가지고 와서 점심시간에 먹어야 한다고 했다.

1교시, 수업 주제는 '안전한 곳을 찾아라'였다. 엘리베이터나 무빙워크를 안전하게 이용하는 방법에 대해 공부했다. 시골 동네라 평소 엘리베이터도 구경하기 힘든 아이, 무빙워크는 아직 한 번도 못 타 본 아이도 있었다. 저절로 움직이는 기계이고, 편리함을 주는 기계지만 위험한 점도 있다는 것도 알아야 했다. 평생 가슴 한편에 묻어 두고 있던 에스컬레이터에 얽힌 아픈 과거를 끄집어내어 아이들에게 들려주었다.

30여 년 전이었다. 시외버스 터미널에 처음으로 에스컬레이터가 생겼다. 할머니가 힘들게 오르내리던 계단 대신 에스컬레이터가 새로 생겨 너무 기뻤다. 여름 방학이 되어 할머니를 모시고 큰집에 가기 위해 시외버스 터미널로 갔다.

저절로 움직이는 에스컬레이터 앞에서 할머니께 타는 방법을 설명드렸다. 당시 여든이 넘으신 할머니는 고개를 끄덕이시고는 내 뒤를 따라 에스컬레이터에 발을 올리셨다. 할머니 한 발은 에스컬레이터에 올라왔지만 나머지 한 발은 그만 따라오지 못하고 바닥에 쿵 하고 떨어지셨다. 얼굴에서 피가 나고, 손과 다리도 많이 다치셨다. 할머니는 어린 손자 마음을 달래려 괜찮다고 괜찮다고 또 괜찮다고 하셨다.

몇 년 뒤 할머니가 노환으로 돌아가셨고, 그 뒤로도 두고두고 죄송하고, 속상했던 마음이 가슴 한편에 자리 잡고 있었다.

꼬맹이 아이들도 선생님 마음을 아는지 눈만 껌벅껌벅이며 듣고 있었다. 엘리베이터에 기대거나, 장난을 치면 안 되고, 안에서 뛰면 안 된다는 점도 하나하나 짚어 가며 설명했다.

"병이 나거나, 다치면 누가 아프냐?"

동찬이가 쉽게 대답했다.

"내가 아파요."

그러자 한빛이가 이어서 대답을 했다.

"엄마는 마음이 아파요."

그래, 할머니는 몸만 아픈 게 아니셨다. 마음도 아프셨다.

할머니가 보고 싶다.

든든한 장남

자신을 소개하고 꿈을 적었다. '나는 누구입니다. 나는 무엇이 되고 싶습니다'라는 글에 간단히 이름과 직업을 넣기만 하면 되었다.

쌍둥이 한빛이, 한울이는 신기하게도 꿈이 똑같이 의사였다. 한빛이는 의사가 되어 엄마가 암에 걸리면 고쳐 주겠다고 했고, 한울이는 할아버지가 담배를 많이 피워 암에 걸리면 고쳐 주겠다고 했다. 집안에 암과 관련된 내력이 있는지 알아봐야겠다.

간호사가 되고 싶은 친구들이 세 명이나 되었다. 다경이는 아픈 사람을 고쳐 주려고 간호사가 되고 싶다고 했다. 성율이는 간호사가 되면 재미있을 거라고 했다. 씩씩한 동찬이도 자신의 꿈이 간호사라고 했다. 동찬이도 간호사가 되면 재미있을 거라고 했다. 의사 둘에 간호사 세 명이라. 나중에 나이 들어 아파도 걱정이 없겠다.

소정이는 전혀 생각하지 못한 꿈을 발표했다. 자신은 마술을 잘해서 나중에 마술사가 될 거라고 했다. 부끄러움이 많은 은서는 가수가 되겠다고 했다. 소정이나 은서는 둘 다 부끄러움이 많은 아이인데 의외로 많은 사람들 앞에 서는 꿈을 이야기했다.

태식이는 경찰이 되어 도둑을 잡을 거라고 했다. 덩치도 크고, 씩씩한 태식이가 경찰이 된 모습을 꿈꾸어 본다.

호영이가 꿈을 발표했다.

"나는 사장이 되고 싶습니다."

"왜 사장이 되고 싶으니?"

잠시 생각에 잠긴 호영이가 되물었다.

"선생님, 바꿔도 돼요?"

갑자기 든 호영이 생각이 궁금했다.

"저는 덤프차를 운전하고 싶습니다."

덤프차 운전하시는 아빠를 자랑스럽게 생각하지 않고서야 나올 수 없는 대답이었다. 어린 나이에 아빠 직업을 이어받으려는 호영이가 기특했다. 그래도 혹시나 하고 물었다.

"왜 덤프차를 운전하고 싶니?"

호영이는 진지하게 대답했다.

"나중에 아빠가 돌아가시면 덤프차를 어떻게 해요. 내가 운전해야죠."

호영이 아빠는 좋겠다. 든든한 장남이 있어서!

부모님 협력 학습으로 처음 타 본 덤프트럭

호국원 봉사 활동

"에취!"

어제부터 코가 간질간질하더니 콧물과 재치기가 요란하다. 재채기 폭탄을 간신히 피한 한빛이가 한마디 했다.

"선생님, 감기에 걸리셨어요?"

듣고 있던 호영이도 거들었다.

"이렇게 화창한데 감기에 걸리셨어요?"

그러게. 오뉴월 감기는 개도 안 걸린다는데 하루 종일 콧물과 재채기랑 싸울 일이 걱정이었다. 하지만 한빛이의 걱정스런 말에 웃겨서 콧물과 재채기가 쏙 들어가 버렸다.

"감기에 걸리면 집에서 쉬지 왜 나오셨어요?"

왜긴? 너희들 때문이지.

오늘은 국립이천호국원으로 봉사 활동을 가는 날이었다. 다가오는 현충일을 맞이하여 호국원에서 참배와 봉사 활동을 하기로 계획하였다. 사흘에 걸쳐 두 학년씩 가기로 했는데 오늘은 1학년과 5학년이 봉사 활동에 나섰다.

버스를 타고 간다는 소식에 아이들이 신이 났다. 며칠 전 다녀온 에버랜드의 여운이 여전히 남아 있는 듯했다. 엄숙하고, 경건하게 다녀와야 할 호국원 봉사 활동을 위해 주의가 필요할 것 같았다. 1학년 수준에 맞게 쉬운 질문을 준비했다.

"얘들아, 결혼할 때 뭐 하나?"

"결혼식이요."

그렇지. 원하는 정확한 답이었다. 그럼 반대로 물어보면 뻔한 답이 나올 것이다.

"그럼, 돌아가시면 뭐 하나?"

원하는 답이 나오면 거기에서 떠들거나 장난치면 안 된다는 것도 자연스럽게 알 것이다. 동찬이가 크게 대답했다.

"결혼을 못해요!"

오늘 하루도 경건이나 엄숙은 물 건너간 것 같다.

버스를 타고 10여 분 달려 호국원에 도착했다. 호국원에서는 미리 아이들을 맞이할 준비를 해 놓고 있었다. 현충탑 앞에서 분향을 하고 참배를 했다. 진한 향냄새에 코를 틀어막고 고개 숙여 묵념하는 성율이 모습이 마냥 귀여웠다.

자리를 옮겨 현충관에서 동영상을 시청하고, 전시실 로비에서 태극기 바람개비를 만들었다. 예쁘게 만들어진 바람개비를 하나씩 들고 기다리던 5학년과 자리를 바꾸었다. 5학년이 바람개비를 만드는 동안 소파에 앉아 쉬기로 했다. 소파 옆 나무에는 돌아가신 분들에게 쓴 편지가 달려 있었다. 종이를 유심히 쳐다보던 호영이가 소리 내어 읽었다.

"할아버지, 보고 싶어요."

역시 호영이는 공부를 잘 가르친 보람을 느끼게 해 주는 아이였다.

"우리 할아버지는 누나 어릴 때 돌아가셨어요."

호영이는 자기 할아버지에 대해 들은 이야기를 담담하게 말했다.

"할아버지는 용도 잘 그리고, 호랑이도 잘 그리셨대요. 그리고, 우리 집도 지으셨대요."

아이들 모두 태극기 바람개비를 흔들며 묘역으로 자리를 옮겼다. 손에 든 바람개비를 내려놓고 걸레를 들었다. 아이들에게는 국가유공자들이 안치되어 있는 곳의 덮개를 닦는 역할이 주어졌다. 평소에는 닫혀 있던 덮개가 현충일 맞이를 위해 모두 열려 있었다. 열린 덮개 안으로는 돌아가신 분의 유해가 담겨 있는 유골함이 있고, 돌아가신 분에 대한 간단한 소개가 적혀 있었다.

아이들은 고사리 같은 손으로 정성껏 닦기 시작했다. 수돗가에서 빨아 온 걸레는 뜨거운 덮개를 만나 물기가 금방 사라졌다. 수돗가를 오가며, 여린 손으로 걸레를 짜는 수고를 마다하지 않는 아이들이 여간 대견하지 않았다.

쪼그리고 앉아 열심히 덮개를 닦던 은서가 말을 걸어왔다.

"사진 보니까 친할아버지 생각이 났어요."

"얼굴 뵌 적 있어?"

"아니요. 한 번도 못 봤어요. 사진으로만 봤어요."

나라 사랑을 위해 왔던 호국원에서 호영이나 은서가 돌아가신 할아버지를 떠올리고 있었다. '충은 효로부터 나온다'는 말이 그냥 나온 게 아니었다. 오늘 호국원 봉사 활동은 왜 교실에서 벗어나 체험학습을 해야 하는지에 대한 정확한 답을 주는 의미 있는 행사였다.

돌아오는 버스 안에서 다경이에게 오늘 어땠는지 물었다.

다경이는 은은한 미소를 지으며 대답했다.

"재밌지만 슬펐어요."

어제와 다른 우리

장천 7남매 캠프!

전교생이 학교에서 함께 밥 해 먹고 잠을 자는 날이다. 유치원부터 6학년까지 모두가 참여한다. 그래서 이름도 '장천 7남매 캠프'다.

'존중과 배려, 나눔으로 함께 하는 장천 7남매 캠프'

이번 캠프에서 모두 마음에 담고 활동할 중요한 내용이다. 존중과 배려, 나눔을 쉽게 설명하기 위해 그림책 『지각대장 존』을 읽어 주었다.

학교에 등교하던 존은 사자와 악어를 만나고, 개울에서 큰 파도를 만나는 어려운 일을 겪는다. 학교에 온 존은 사실을 말하지만 선생님은 믿지 않고 오히려 벌을 준다. 마지막에 선생님이 고릴라에게 안겨 천장에 매달리는 장면에서 아이들은 통쾌하게 웃었다.

책을 읽어 준 후 역할극을 해 보기로 했다. 존이 물에 빠져 교실에 들어왔을 때 선생님이 지각대장 존에게 무슨 말을 해 주면 좋을지 역할극으로 꾸며 보기로 했다. 잠시 생각하게 한 후 신청자를 받았다. 하린이가 번쩍 손을 들었다. 뒤이어 승범이도 손을 들었다.

"하린이는 선생님, 승범이는 존이야."

승범이는 문쪽으로 가고, 하린이는 선생님 의자로 자리를 옮겼다.

"내가 선생님이다!"

의자에 털썩 앉으며 하린이가 소리쳤다. 입학식 다음 날 엄마와 헤어지기 싫어 울던 아이가 맞나 싶었다.

지각대장 존이 선생님 앞으로 다가와 말했다.

"선생님, 파도가 와서 물에 빠졌어요."

승범이 말을 들은 하린이는 웃으며 말했다.

"자아알 했다!"

하린이의 '잘했다'는 분명 말 그대로의 '잘했다'가 아니었다.

'혹시 내가 저런 말투를 쓰나?'

그동안 아이들에게 뱉어 냈던 많은 말과 행동을 되돌아보았다. 존이 듣고 싶은 말에 대한 이해가 부족한 것 같았다. 다시 예를 들어 말했다.

"운동장에 놀다 넘어져서 피가 났어. 어떤 말이 좋을까?"

성현이가 대답했다.

"괜찮니?"

"그래. 그리고 또 듣고 싶은 말이 뭘까?"

민준이가 대답했다.

"오, 그래!"

고개를 절레절레 저었다.

"그럼 듣기 싫은 말은 뭐니?"

자주 다치는 민재와 승범이가 대답했다.

"물로 씻어라."

"친구들하고 보건실에 가."

뭔가를 깨우치는 질문을 던졌다가 오히려 뉘우치는 대답을 듣게 되었다. 물에 흠뻑 젖은 지각대장 존의 모습을 크게 확대해서 보여주고 다시 물었다.

"존은 지금 어떨 것 같니?"

그제서야 듣고 싶은 말이 아이들 입을 통해 쏟아져 나왔다.

"힘들다, 아프다, 슬프다, 놀라다, 속상하다, 기분이 안 좋다, 무섭다."

아이들이 한 말을 칠판에 적어 놓고 함께 읽었다.

"힘들었겠다!"

"아프겠다!"

"슬프겠다!"

"놀랐겠다!"

"기분이 안 좋겠다!"

"무서웠구나!"

"오늘 우리 주변에서 힘든 일이 있는 사람을 만나면 이렇게 얘기해 주자."

"네!"

캠프가 시작되고 모두 함께 어울려 즐거운 놀이도 하고, 가져온 재료를 한데 모아 비빔밥도 비벼 먹었다. 형, 동생들이 어울려 냄비 받침도 만들고, 밤에는 별빛 아래에서 미리 숨겨 놓은 보물도 찾았다.

모든 활동을 무사히 마치고 잠자리에 들 시간이 되었다. 여학생은 2층 돌봄 교실과 4학년 교실에 잠자리를 마련하였다. 남학생은 1층 유치원 교실과 1학년 교실에서 자기로 하였다.

학교를 한 바퀴 돌아보고 유치원 교실에 들어갔다. 불 꺼진 교실에는 유치원부터 3학년 아이들이 자리를 잡고 누워 있었다. 친절한 선생님들이 미리 아이들이 씻고, 옷 갈아입고, 이불 깔고, 잠자리에 누울 수 있게 도와주셨다.

맨 안쪽에는 잠옷을 입고 잠든 유치원 아이들이 눈에 들어왔다. 유치원 서율이, 준서 형제가 꼭 붙어 자는 모습이 귀여웠고, 벽에 딱 붙어 자는 정훈이가 듬직했다. 승범이는 분홍색 인형을, 민준이는 포켓몬 인형이랑 함께 잠자리에 들었다.

잠자기 위해 유치원과 1학년 아이들 사이에 이불을 깔았다. 긴 하루를 끝내고 머리를 땅에 대려는 순간 누군가 부르는 소리가 들렸다.

"선생님."

자리에서 일어나 목소리 주인공을 찾았다. 민준이였다.

"잠이 안 와?"

"선생님, 포켓몬 이름이 생각이 안 나요."

엄마와 떨어져 자는 게 처음인 민준이였다. 들려주는 포켓몬 이야기가 끝날 것 같지 않아 민준이 옆에 자리를 잡고 누웠다. 민준이 이야기를 자장가 삼아 함께 잠이 들었다.

"퍽!"

무언가가 부딪치는 소리에 깜짝 놀라 벌떡 일어났다. 유치원생 경호가 책장에 머리를 들이받는 소리였다. 경호를 교실 안쪽으로 데려다 눕혔다. 잠에서 깼다 다시 자려고 하니 아이들 뒤척이는 소리가 더욱 크게 들려왔다. 이리 뒤척 저리 뒤척이다 승범이 품을 벗어난 분홍색 코끼리 인형이 눈에 들어왔다. 모로 누워 승범이 인형을 가져다 안았다. 인형의 포근함은 이내 편안한 잠 속으로 안내하였다. 아이들이 왜 인형을 안고 자는지 절로 이해가 되었다. 길었던 하루가 이렇게 끝나 가고 있었다.

"으앙!"

온 교실을 울려 퍼지는 아이 울음소리에 끝나 가던 하루가 다시 살아났다. 아이 하나가 엉엉 울며 교실을 돌아다녔다. 벽에 기대 듬직하게 자고 있던 유치원생 정훈이였다. 정훈이는 교실이 떠나갈 정도로 큰 소리로 울었고, 돌아다니며 자는 아이들을 밟고 다녔다. 울음

소리에 여기저기서 아이들이 고개를 들고 쳐다보았다. 돌아다니던 정훈이를 끌어안았다.

"정훈아, 괜찮아. 괜찮아."

정훈이는 손을 뿌리치며 엉엉 울어 댔다. 정훈이가 울어 댈수록 마음속에서는 후회가 점점 커져갔다. 아무리 희망자에 한해서라 해도 어린 유치원 아이들까지 1박 캠프에 넣은 건 무리였다는 뒤늦은 후회가 밀려왔다. 정훈이는 울음을 그칠 마음이 없어 보였다. 한밤중에 정훈이네 부모님께 연락하는 문제나, 학교 보안 장치는 어떻게 해결할지 걱정에 걱정이 앞섰다.

정훈이를 진정시키기 위해 의자에 앉았다. 정훈이는 의자에 앉지 않고 내 무릎 위로 올라와 앉았다. 엉엉 울면서 정훈이가 말했다.

"엄마 보고 싶어!"

'아! 엄마!'

순간의 난처한 상황에 진정 정훈이 마음은 전혀 생각하지 못한 부끄러움이 밀려왔다. 오늘 아침 아이들에게 했던 말이 떠올랐다.

"엄마가 보고 싶었구나."

자고 있던 유치원 선생님을 깨워 정훈이 부모님에게 연락을 드렸다. 아이 소식을 들은 정훈이 아빠는 금방 학교로 달려오셨다. 다행히 학교 보안 장치도 캠프를 하느라 걸려 있지 않았다. 정훈이는 잠옷 바람으로 집으로 돌아갔다.

다시 잠자리에 들기 전에 누워 있는 아이들을 둘러보았다. 부모님이 있는 집, 편안한 집을 떠나 잠을 자는 엄청난 용기를 가진 아이들이 누워 있었다.

아침이 되었다. 포켓몬 이야기로 잠이 들었던 민준이가 눈을 뜨며 말을 걸어왔다.

"선생님. 나는 계속 여기서 잤는데 포근했어요."

힘든 하루를 이겨 낸 민준이와 나는 어제와 다른 우리가 되었다.

모두가 함께 사랑을 만들었어요.

가족은 그러해야 한다

놀이터에서 가족 놀이를 했다. 모둠별로 의논해서 역할을 정하기로 했다. 호영이가 혼자 꿍알거렸다.

"아기를 해야겠어. 아무 것도 하는 일이 없잖아."

옆에서 듣고 있던 한빛이도 고개를 끄덕이며 꿍알거렸다.

"나는 쌍둥이 아기가 되어야겠어."

둘은 벌써 아기 흉내를 냈다.

"엄마! 엄마!"

소정이네 모둠에서는 아빠는 동찬이, 엄마는 소정이, 할머니는 성율이, 큰언니 다경이, 동생으로 한울이가 정해졌다. 은서네 모둠에서는 아기를 하겠다던 호영이가 아빠가 되었고, 엄마는 은서, 형으로는 한빛이가 되고, 동생으로 태식이가 되었다.

유치원 놀이터에서 소꿉놀이 도구를 빌려 가족 놀이를 시작했다. 유치원 놀이터에는 장난감 집이 두 채 있었다. 두 모둠에 집을 한 채씩 나눠 주었다. 소정이네 모둠이 집으로 들어가려는데 성율이 비명이 터져 나왔다. 그 집에는 이미 큰 벌들이 집을 짓고 살고 있었다. 작은 토마토만 한 집에 대여섯 마리의 벌들이 앵앵거리고 날아다녔다. 아이들을 위해 미안하지만 벌들을 내쫓기로 했다. 교실로 가서 뿌리는 모기약을 가지고 왔다. 아이들을 뒤로 물리고 용감한 척 모기약을 뿌렸다. 놀란 벌들이 흩어지자 선생님과 아이들은 순식간에 도망을 갔다. 벌집을 제거하고 아이들에게 집을 쓰게 하였다. 하지만 벌에 벌벌 떤 아이들은 집을 마다하고 미끄럼틀 밑을 쓰기로 하였다.

역할을 정해 주고, 아이들에게 모든 걸 맡겼다. 아이들은 자기가 맡은 역할에 충실했다. 은서네 모둠 아빠 호영이는 잡초를 뽑아 와 파 심기를 시작했다. 아빠 목소리로 아들인 한빛이를 불렀다.

"아들, 아빠 좀 도와주렴."

한빛이도 일하기 싫은 아들 역할에 충실했다.

"아빠, 학교 가야 돼요. 학교에 어떻게 가요?"

호영이는 데려다 주기 싫은 아빠 역할에 충실했다.

"아들아, 엄마에게 학교 가게 차 태워 달라 그래."

이웃집 소정이네 가족도 가족끼리 한 자리에 모였다. 아들인 한울이가 소정 엄마에게 졸랐다.

"엄마, 놀아 줘!"

소정 엄마는 그릇에 모래 밥을 담으며 말했다.

"나 밥하고 있잖아!"

듣고 있던 동찬 아빠가 나섰다.

"내가 놀아 줄게."

성율 누나가 나섰다.

"내가 놀아 줄게."

성율이는 한울이를 데리고 미끄럼틀을 탔다.

산책을 갔다 오던 유치원 아이들도 함께 놀이에 참여하게 되었다. 유치원에서 제일 큰 인우는 동찬이 아들이 되었다. 아들이 아빠보다 머리 하나는 더 컸다. 그래도 동찬이는 아빠 역할을 제대로 했다. 요리하는 아내 소정이에게 우스갯소리를 던졌다.

"여보, 아이가 많아졌어!"

새로 온 아들 인우와는 역할에 대해 의논을 했다.

"너 몇 살 할래?"

잠시 고민하던 인우가 대답했다.

"8살!"

"안 돼! 학교 오면 공부 많이 해야 해. 그냥 유치원 해!"

머리 하나는 더 큰 아들은 초등학생이 되고 싶은 마음을 접고 유치원생이 되었다.

놀이가 끝나고 교실에서 가족 놀이한 느낌을 이야기 나눴다.

아이 역할을 한 한울이, 태식이는 놀았던 이야기를 주로 하였다. 누나 역할을 한 다경이는 모래로 둥글레차를 만들었다는 기특한 일을 했단다. 또 다른 누나 성율이는 아기 돌보느라 힘들었다고 했다.

소정 엄마는 밥이랑 국이랑 반찬을 만들었고, 은서 엄마는 밥과 시금치 요리를 했단다. 둘 다 재미있었지만 힘들었다고 했다.

아빠들은 발표도 아빠처럼 했다. 호영이 아빠는 농사를 지었고, 동찬 아빠는 가족을 위해 냉장고를 사 왔다고 했다. 아이들은 가족의 역할에 대한 생각이 비슷했다. 아빠는 일하고, 엄마는 요리하고, 누나는 동생 돌보고, 아기는 놀고. 누가 가르쳐 주지 않아도 가족은 그러해야 한다는 생각이 강해 한편으로는 걱정이 되었다.

"가족 놀이 중 제일 재미있었던 것 발표해 볼까요?"

동찬 아빠가 대답했다.

"친구 호영이랑 맛있는 거 먹으러 갔어요."

30년 뒤 우리 동찬이, 호영이가 아빠가 되어 가족을 위해 맛있는 요리하는 모습을 기대해 본다.

화장실 다녀와도 돼요?

"선생니임, 화장실 다녀와도 돼요?"

급식실에서 태식이가 물었다. 밥을 받아다 놓고 한 술도 뜨지 않고 화장실을 가겠다고 했다. 화장실을 가겠다고 물어 온 게 고마워 태식이 등을 두드려 주고 칭찬을 쏟아부었다. 그러나, 마음 한편에는 태식이를 화장실에 보내도 될까 하는 의심이 자리를 잡았다. 실눈을 뜨고 잠시 고민에 잠겼다. 한 번 더 믿어 보자.

"화장실 갔다 바로 와야 해!"

"네."

처음부터 태식이를 믿지 못했던 건 아니었다. 밥 먹다 사라진 게 벌써 네 번이었다.

태식이가 처음 밥 먹다 사라진 건 입학하고 얼마 되지 않아서였다.

밥 먹다 없어진 태식이는 교실에서 혼자 놀고 있었다.

"태식아, 밥 먹다 나오면 안 돼. 밥 다 먹고 놀아야지."

며칠 가지 않아 태식이는 두 번째 탈출을 감행했다. 복도에서 일찍 밥을 먹은 2학년 형이랑 잡기 놀이를 하고 있었다.

"태식아, 너도 밥을 먹고 놀아야지. 형은 밥 벌써 먹었잖아."

세 번째 사라진 아이를 찾은 곳은 학교 체력 단련실이었다. 탁구공을 그물 너머로 계속 날리고 있었다.

"태식아, 밥 먹고 탁구 쳐야지. 밥 안 먹고 하면 안 돼."

마지막으로 급식실을 빠져나간 건 비가 엄청 내리던 날이었다. 교실과 체력 단련실, 화장실을 아무리 찾아도 아이는 보이지 않았다. 태식이를 발견한 곳은 건물 밖이었다. 우산도 쓰지 않고, 비를 쫄딱 맞고 돌아다녔다.

"태식아, 비 맞으면 안 돼. 감기 걸려."

아니나 다를까 다음날 콧물 찔찔, 기침 콜록이며 태식이는 힘없이 돌아다녔다.

화장실을 간 아이가 올 시간이 한참 지났는데도 소식이 없었다. 급식실에 사람이 한 둘씩 빠져나가 한산해졌다. 더 이상 기다릴 수 없어 급식실을 나섰다. 제일 먼저 체력 단련실로 향했다. 복도에 들어서자 탁구공 소리가 들려왔다. 오늘은 태식이에게 화를 좀 내야 할 것 같았다. 얼굴에 잔뜩 인상을 쓰고 무섭게 문을 열었다. 눈에서 레이저를 내뿜었다. 레이저를 맞은 사람은 태식이가 아니라 교감 선생님이셨다. 일찍 밥을 먹은 아이들과 탁구를 치고 계시다 레이저를 맞고 놀란 눈으로 쳐다보셨다. 웃으며 90도로 고개 숙여 인사를 드리고 재빠르게 문을 닫았다.

다음으로 향한 곳은 화장실이었다. 점심시간이 많이 지난 터라 복도가 한산했다. 화장실 문을 벌컥 열어젖혔다. 화장실 안은 더욱 조용했다. 용변 보는 화장실 문은 모두 열려 있었다. 태식이가 없는 걸 확인하고 발걸음을 밖으로 옮겼다.

"뿌지직!"

이 소리는? 누군가 나를 부르는 소리?

맨 끝 칸의 장애인용 화장실에서 들려오는 소리였다.

"태식이냐?"

"네."

아이를 찾았다는 안도감과 태식이가 보여 준 믿음 때문인지 입가에 미소가 저절로 일어났다. 화장실 주름 문을 살짝 열었다. 이마에 송글송글 땀방울이 맺혀 있는 태식이와 눈이 마주쳤다.

"똥 누고 있었냐?"

"네."

"똥 누고 밥 먹으러 와."

주름 문을 닫으려다 벽에 걸린 화장지통이 눈에 들어왔다. 비어 있었다.

"휴지 없니?"

"네."

옆 칸에서 휴지를 예쁘게 개어 태식이 손에 건네주었다.

"똥 닦을 줄 아냐?"

"네, 할머니한테 배웠어요."

역시 믿음직한 태식이였다. 급식실로 돌아가 기다리고 있으니 일을 마친 태식이가 돌아왔다.

"손은 씻었냐?"

"네."

밥은 이미 식어 버렸지만 태식이가 보여 준 작은 변화에 마음만은 따뜻했다.

"똥 싸서 배고프겠다. 많이 먹어!"

할아버지가 된 옥수수

아침 출근부터 햇살이 뜨거웠다.

차를 주차하고 계단을 내려가는데 아이들 목소리가 들려왔다. 일찍 등교한 동찬이와 다경이 목소리였다. 수돗가 앞에서 동찬이를 만났다. 동찬이 손에는 유치원 창고에 있던 앙증맞은 주황색 물뿌리개가 들려 있었다. 동찬이는 남은 한 손으로 슬그머니 나의 손을 잡았다. 동찬이는 교실이 아닌 창고 뒤편 우리 반 텃밭으로 걸음을 옮겼다. 교실에 가방도 내려놓지 못한 채 동찬이 손에 끌려 텃밭으로 가게 되었다.

"선생님, 옥수수가 선생님만 해요."

며칠 못 본 사이 엄청 자란 옥수수가 눈앞에 우뚝 서 있었다. 다경이 할아버지가 가져다주신 옥수수 모종을 아이들이 고사리 손으로

꼭꼭 눌러 심은 게 엊그제 같은데 키가 훌쩍 커 손이 닿지 않을 정도
가 되었다. 담벼락 밑 척박한 땅에 심은 옥수수가 이렇게 잘 자란 이
유는 아이들이 아침마다 물을 길어다 준 덕분일 것이다.

그 중에서도 동찬이의 공이 제일 크지 않을까 싶다. 엄마의 출근으
로 아침 일찍 학교에 오는 동찬이는 매일 유치원 창고에서 꺼내 온
물뿌리개로 식물들에게 물을 주었다. 누가 시키지 않았지만 수돗가
에서 물을 길어 친구들과 함께 심은 가지, 방울토마토, 옥수수를 위
해 물을 주었다. 힘들다는 소리 한 번 하지 않았다.

6학년 동찬이 큰누나도 학교에서 소문난 일꾼이다. 학급이나 학교
의 궂은일에 항상 우선한다. 그보다 더 훌륭한 점은 모든 동생들을
마치 친누나처럼 다정다감하게 잘 챙겨 준다는 것이다. 이런 누나를
보고 자란 친동생 동찬이 행동이 당연하게 느껴지기도 한다.

"선생님, 옥수수가 수염이 났어요. 할아버지가 되었어요."

동찬이 말이 시처럼 들렸다.

옥수수

친구들과 함께 심은 우리 옥수수
키 크라고 잘 자라라고
매일매일 물 떠 줘요.

작은 물뿌리개로
수돗가를 왔다 갔다
키 크라고 잘 자라라고
매일매일 물 떠 줘요.

내가 떠준 물 마시고
무럭무럭 잘 자라더니
오늘은 그만 수염이 나고 말았어요.
할아버지가 되고 말았어요.

할아버지 옥수수
그동안 고마웠다고
네 덕분에 잘 자랐다고
네 덕분에 행복했다고

한 겹 한 겹 정성으로 포장한
예쁜 선물을 주셨어요.
황금빛 선물을 주셨어요.

동찬이도 밥 잘 먹고
나처럼 무럭무럭 자라라.

머리에 옥수수 뿔이 났어요.

예의가 없네

아침부터 비가 시원하게 내렸다. 아침 자습으로 한글 공부를 하고 있었다. 3학년 서범탁 선생님이 교실로 들어오셨다. 서범탁 선생님이 가져온 서류를 살펴보고 이런저런 이야기를 나누는데 호영이가 물었다.

"선생님, 누가 나이 더 많아요?"

교사 생활 2년차인 총각 선생님과 22년차 담임 선생님 중 누가 나이가 더 많은지 구별 못해 묻는 호영이의 솔직한 질문이었다.

"선생님이 반말하는데 누가 나이가 더 많겠냐?"

호영이는 표정에 웃음기를 싹 빼고서 대답했다.

"그건 선생님이 예의가 없는 거죠!"

정곡을 찌르는 호영이 말에 말문이 턱 막혔다.

3학년 선생님을 보내고 책을 읽어 주기로 하였다. 비도 오고 하니 무서운 책을 읽어 주겠다고 하자 교실이 떠들썩해졌다. 태식이는 벌써 불을 끄러 나섰다.

　책 제목은 『해골이 딸꾹 딸꾹』. 사실 제목에 해골이 들어가 있을 뿐 전혀 무서운 내용이 아니었다. 잠에서 깨어난 해골이 딸꾹질을 한다. 샤워를 하는데도, 이를 닦는데도, 뼈를 닦는데도 딸꾹질은 멈추지 않는다. 친구인 유령이 와서 해골을 돕는다. 숨도 참아 보게 하고, 물구나무서서 물도 마셔 보게 한다. 놀래키기도 하고, 놀려도 보지만 멈추지 않는다. 그때 좋은 생각이 떠오른 유령은 큰 상자에서 뭔가를 찾는다. 여기까지 읽고 책 두 장을 한꺼번에 넘겼다.

　'끽!'

　딸꾹질이 멈춘 해골과 밝은 표정으로 바라보는 유령이 함께 서 있는 그림을 아이들에게 보여 주었다. 여기저기서 난리가 났다.

　"왜 두 장을 넘겨요?"

　아이들은 유령이 상자에서 꺼내온 물건이 무엇일지 궁금해 했다.

　"유령이 상자에서 꺼내온 게 뭘까? 도대체 뭘 봤기에 딸꾹질이 멈췄을까?"

　"무서운 가면이요."

　그럴 듯한 성율이 대답이었다.

　"뭐가 튀어나오는 상자요."

　동찬이 대답도 그럴 듯했다. 그대로 답을 알려 주면 재미가 없지.

장난기가 발동했다. 펼쳐진 책을 아예 덮어 버렸다.

"그만 읽을까?"

아이들 원성이 폭발했다.

"뭐예요?"

"다시 읽어 줘요!"

궁금증이 최고에 이르렀을 때 그 답을 들려주려고 뜸을 들였다. 맨 뒤에 자리 잡고 앉아 있던 호영이가 아침보다 훨씬 진지한 표정으로 한마디 던졌다.

"선생님, 정말 예의가 없네요!"

책 좀 늦게 읽어 줬다고 담임 선생님 보고 예의가 없단다. 평생 예의 없단 말을 들어 본 적이 없었는데 오늘 아침 두 번씩이나 들었다.

예의 바르게 다시 책을 펴고 읽었다. 유령이 꺼내온 물건은 바로 '거울'이었다. 거울 속에 비친 자기 모습에 놀란 해골이 비명을 지르고, 그 소리에 깜짝 놀란 '딸꾹'이가 도망을 쳤던 것이었다.

예의 바르게 마지막까지 읽어 주자 아이들은 그제서야 평화를 되찾았다. 책을 읽고 재미있었던 점, 기억에 남는 부분, 느낀 점도 술술 대답했다.

"유령이 친구를 도와줬어요."

동찬이가 책 속에서 느낀 점이었다.

『해골이 딸꾹 딸꾹』이 주는 교훈.

'친구를 잘 돕고 항상 예의 있게 행동하자!'

네잎 클로버의 행운

"선생님, 이거요."

학교에 오자마자 가방도 내리지 않은 효진이가 손을 내밀었다. 앙증맞은 효진이 손바닥에는 토끼풀이 여러 개 들어 있었다.

"선생님, 네잎 클로버예요."

자세히 들여다보니 효진이 말대로 네잎 클로버였다. 그것도 네잎 클로버가 무려 3개나 있었다.

"네잎 클로버가 어디서 났어?"

"학교 오는 버스 기다리다 집 앞에서 찾았어요."

어릴 때부터 클로버만 보면 풀숲을 뒤적이던 기억이 떠올랐다. 한 번도 네잎 클로버를 직접 따본 적이 없었다. 실물 네잎 클로버를 본 건 재작년 효진이 언니 소정이가 갖다 준 게 거의 처음이었다. 그런데 그 동생 효진이가 하나도 아닌 3개의 네잎 클로버를 또 갖다 준 것이다.

"아니, 효진아. 이걸 어떻게 찾았니?"

효진이는 작은 눈을 있는 힘껏 크게 뜨고 말했다.

"눈을 깜빡이지 않고 찾았어요."

책장에서 『1학년을 위한 동시』 책을 꺼냈다. 효진이가 준 네잎 클로버를 잎 모양이 잘 보이도록 놓고 책을 살포시 덮었다. 행운의 네잎 클로버가 하나도 아닌 세 개나 생겼으니 얼마나 큰 행운이 찾아올지 오늘 하루가 궁금해졌다. 순간순간마다, 시간시간마다 어떤 행운이 다가오는지 꼼꼼하게 지켜보기로 마음먹었다.

수학 시간. 쉰까지 세기가 공부할 문제였다. 열부터 쉰까지를 나이와 관련해서 알아보기로 했다.

"열 살은 3학년이야. 스무 살은 뭘 할 수 있는 나이일까?"

민재가 손을 들었다.

"군대 갈 나이요."

역시 민재는 똑똑한 아이다.

"그럼 서른 살은 뭘 할 수 있는 나이일까?"

하린이가 웃으며 손을 들었다.

"결혼할 나이요."

역시 하린이도 민재만큼 똑똑하다. 한참을 나이와 관련해서 이야기를 나누다 어려운 질문을 던졌다.

"선생님은 마흔 살에 가까울까? 쉰 살에 가까울까?"

아이들에게 생각할 시간을 준 후 손을 들게 했다. 11명의 아이들 중 마흔에 가깝다가 9명, 쉰에 가깝다에는 2명이 손을 들었다. 절로 입꼬리가 올라갔다. 쉰에 손을 든 하린이에게 물었다.

"왜 선생님이 쉰 살에 가깝다고 생각하니?"

하린이는 또 웃으면 대답했다.

"선생님 아들이 크잖아요."

하린이 대답에 고개가 절로 끄덕여졌다. 마흔에 손을 든 정윤이에게 물었다.

"정윤이는 왜 선생님이 마흔 살에 가깝다고 생각하니?"

정윤이는 선생님 얼굴을 힐끗 쳐다보고는 무심하게 대답했다.

"선생님 너무 늙진 않았어요."

올라갔던 입꼬리가 귀까지 닿겠다. 슬슬 네잎 클로버의 효능이 나타나기 시작하나 보다.

수학 공부를 마치고 학교 텃밭으로 옥수수를 따러 갔다. 교장 선생님을 믿고 시작한 농사여서 옥수수 따기도 크게 걱정하지 않았다. 하지만 도와주시기로 한 교장 선생님은 약속이 있다고 뒷짐만 지고 왔다 갔다 하셨다. 일단 아이들에게 옥수수 따는 법을 설명했다.

"수염이 바짝 마른 것만 따세요."

손이 닿는 옥수수를 몇 개 땄다. 하지만 안쪽 옥수수는 밀림처럼 우거져 따기가 곤란했다. 옥수수 밭이 골이 좁아 안으로 들어가기가 힘들었다. 좁은 골에는 거미줄이 가득 차 발 디딜 엄두가 안 났다. 구경하던 승범이가 나섰다.

"선생님, 옥수수 주세요."

승범이는 미리 딴 옥수수를 건네받고는 칼처럼 휘두르며 거미줄을 헤치고 앞으로 나아갔다. 그 뒤를 줄줄이 남자아이들이 나아갔다. 아이들이 만든 길을 따라 들어가 옥수수를 땄다. 아이들 한 명당 2개씩 돌아갈 만큼 따고 교실로 돌아왔다. 옥수수 밭을 헤치고 다녀 온몸이 풀에 긁히고 여기저기가 근질근질했다. 그래도 승범이와 남자 친구들 아니었으면 거미줄에 걸린 메뚜기 신세가 될 뻔했다. 행운이라고 하기에는 다소 아쉽지만 그래도 네잎 클로버 효과는 있는 것 같았다.

중간 놀이 시간을 마치고 들어오던 승범이가 한마디 했다.

"더 놀고 싶다."

옥수수 따기를 도와준 공도 있고, 네잎 클로버 행운도 나눠 줄 겸 아이들에게 외쳤다.

"축구 하자!"

"와!"

남자팀 대 여자팀으로 나눠서 축구 시합을 했다.

"선생님은 여자팀!"

남자 아이들은 무서운 기세로 몰아붙였다. 덥고, 습한 날씨로 힘든 데다 무릎을 다친 후로는 겁이 나 제대로 뛸 수가 없었다. 남자아이들의 쉼 없는 공격에 결국 한 골을 내주고 말았다. 세월의 흐름은 막을 수 없단 말인가. 시간은 우리 편이 아니었다. 뛰면 뛸수록 움직임이 느려졌다. 민재의 강슛을 간신히 막고는 남은 힘을 모아 상대 골대로 공을 있는 힘껏 뻥 차서 보냈다. 공은 생각보다 훨씬 힘없이 굴러갔다. 데굴데굴 굴러간 공은 쫓아온 아이들보다 간발의 차로 골대 안으로 들어갔다. 이제는 네잎 클로버 효능이 있어야 골인도 할 수 있다니 세월이 참 아쉬웠다.

5교시 국어 시간에는 문단 읽기가 과제였다. 글을 읽을 수 있는 아이들에게 기회가 다 돌아간 후 다음 순서로 넘어가려는데 동윤이가 손을 들었다. 아직 문장을 줄줄 읽기는 어려운 동윤이가 손을 든 건 뜻밖이었다. 동윤이는 가리키는 문장을 거침없이 읽어 나갔다. 처음부터 끝까지 십여 줄이 넘는 글을 술술 읽어 냈다.

"나는 복실이가 정말 좋아요."

동윤이가 마지막 문장을 읽자 약속도 하지 않았지만 우뢰와 같은 박수가 쏟아졌다. 아침마다 한글 공부를 하는 터라 동윤이 수준을 익히 알고 있었다. 혹시나 하는 마음에 동윤이에게 다가가 '복'자를 짚고 물었다.

"동윤아, 이거 무슨 글자냐?"

글자를 뚫어지게 쳐다보던 동윤이가 대답했다.

"응, 몰라요."

동윤이는 그 긴 글을 몽땅 외운 것이었다. 그것도 친구들이 읽는 동안 다 외운 것이다. 동윤이의 새로운 능력을 발견한 것도 네잎 클로버의 효능 덕분일까.

하루를 마무리하는 동안 3개의 네잎 클로버가 건네준 행운 치고는 다소 아쉬운 점이 많았다. 집으로 가기 전 누군가가 흘리고 간 옥수수 한 봉지를 줍는 것 말고는 더 이상의 행운이 찾아오지 않았다.

네잎 클로버를 받기 전으로 돌려 보면 아침 출근길, 백만 년 만에 받아본 아내의 모닝 뽀뽀가 있었다. 학교에 와서는 아침마다 교실에서 기다리던 3학년 성율이가 건네준 감귤 초콜릿 2개가 있었다. 네잎 클로버를 받기 전이나 받고 나서나 평소의 행운과 크게 다를 바 없었다. 아이들이나 아내가 주는 작은 감동은 교실과 집에서 항상 일어나는 일이었다.

오늘 하루 중 가장 행운이 가득했을 때는 언제였을까.

'아! 그때!'

효진이와 아침에 주고받은 말이 떠올랐다.

"이걸 왜 나한테 주냐?"

효진이는 웃으며 대답했었다.

"우리 선생님이잖아요."

효진이가 네잎 클로버를 전해 준 순간. 눈을 부릅뜨고 발견한, 흔히 찾을 수 없는 네잎 클로버를, 하나도 아닌 3개나 '우리 선생님'이라고 한 순간이었다. 네잎 클로버를 발견하고, 다치지 않게 조심조심 손에 감싸 쥐고, 버스를 타고, 운동장을 걸어와서 전해 준 그 순간이었다.

네잎 클로버의 행운은 따로 있는 게 아니었다. 사랑스런 아이들과
함께 하는 지금이 바로 행운이다.

아이♥들과 함께하는 지금이♥ 행운이다.

하늘에서 내려온 천사

수학 시간. 50까지의 숫자 공부를 하고 있다. 많은 아이들이 한글 맞춤법은 약하지만 수에 대한 개념이나 기초적인 연산 능력은 잘 갖추어져 있는 편이다.

'몇십을 읽고 쓰기, 10이 넘어가는 수를 가르고 모으기'가 오늘의 공부할 문제였다. 모든 아이들이 50까지는 쉽게 셀 수 있어 큰 어려움이 없었다. 10이 넘어가는 수를 가르고 모으기에서 몇몇 아이들이 힘들어 했다. 한참동안 설명과 문제 풀이를 한 후 수학 익힘책을 스스로 풀게 했다. 시작부터 끝나는 부분까지 정해 주고, 스스로 푼 뒤 가져오면 답을 확인해서 틀린 부분은 고쳐 주었다.

성혁이나 지우는 술술 문제를 잘 풀었다. 다른 아이들도 어렵지 않게 문제를 풀고 있었다. 리한이는 그림을 보고 눈치껏 풀다가 영 모르는 문제는 물어보고 해결했다. 한글을 잘 모르는 주완이는 어떻게 해결하는지 지켜보았다. 주완이는 문제를 혼자 풀지 않았다. 책상 건너편에 앉아 있는 가윤이랑 함께 문제를 풀었다. 가윤이는 주완이 책을 거꾸로 보면서 문제를 하나하나 읽어 주었다. 주완이는 가윤이가 읽어 주는 문제를 술술 풀어 나갔다.

가르기 문제에서는 주완이가 어려움을 느꼈다. 가윤이는 차분한 목소리로 설명했다.

"주완아, 사과가 8개 있는데 2개를 성혁이를 줬어. 나머지는 몇 개지?"

가윤이 말을 들은 주완이 시선이 하늘을 향했다. 곰곰이 생각에 잠겼지만 쉽게 답이 나오지 않았다. 기다려도 답이 나오지 않자 가윤이는 손가락을 8개 폈다.

"봐 봐. 2개를 주면 몇 개가 남지?"

손가락을 2개를 구부리며 물었다.

"6개!"

가윤이 도움을 받은 주완이는 주어진 과제를 거의 다 풀 수 있게 되었다. 기특한 가윤이 머리를 쓰다듬어 주러 가까이 다가가 보니 정작 자기 수학 익힘책은 달랑 두 문제만 풀려 있었다. 주완이를 위해 자신의 시간과 노력을 아낌없이 쏟아부은 것이다.

수업이 끝나고 모두 빠져나간 교실에 가윤이 혼자 남았다. 사물함에서 뭔가를 챙기는 가윤이에게 다가갔다.

"가윤아, 왜?"

"수학 익힘책 다 못 풀어서 풀고 가려구요."

이 아이는 하늘에서 내려온 천사임이 틀림없다.

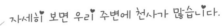

자세히 보면 우리 주변에 천사가 많습니다.

할아버지 시계

"애들아, 공부 시간이다. 앉으세요."

"선생님, 왜 종이 안 울려요?"

성혁이가 물었다.

"종 치는 건 박경찬 선생님만 하실 줄 아는데 할머니가 돌아가셔서 오늘 안 오셨어."

1교시 수학 시간. 두 자리 수의 덧셈에 대한 공부를 했다. 수학 익힘책까지 다 끝난 성혁이가 시계를 쳐다보며 한마디 했다.

"어, 시계가 안 가는 거 같은데….."

성혁이 말에 시계를 쳐다보니 바늘이 모두 멈춰 있었다.

"어, 그럼 우리 쉬는 시간은 어떡하지?"

3시 23분에 멈춘 시계 때문에 쉬는 시간도 안 올까 봐 걱정인가 보다.

"어떡하긴 어떡해. 계속 수학 공부하는 거지!"

"안 돼!"

수학 익힘책과 씨름하던 아이들이 한 목소리로 외쳐 댔다.

"할아버지 시계하고 똑같네."

아이들 비명 소리 속으로 가윤이가 낭랑한 목소리로 말했다. 가윤
이 말이 잘 이해되지 않아 물었다.

"할아버지 시계 음악 말하는 거니?"

"네."

"뭐가 똑같아?"

"할아버지가 돌아가셔서 시계가 멈춘 걸 음악으로 만든 게 할아버
지 시계래요. 박경찬 선생님 할머니가 돌아가셔서 시계가 멈춘 거 같
아요."

가윤이의 말처럼 박경찬 선생님의 슬픔을 함께 하기 위해 우리 반
시계도 멈췄나 보다. 할머니의 명복을 빕니다.

시계는 멈춰도 운동장에서 뛰노는 시간은 온다.

힘들면 말해

"잠자리도 입이 있어요?"

'가을' 시간 잠자리를 만들다 동윤이가 물었다.

"입이 있지!"

"뭐 먹고 살아요?"

"모기나 파리 같은 작은 곤충 먹고 살지."

잠자리는 하루에 모기를 2백 마리나 먹고 사는 좋은 곤충임을 덤으로 알려 주자 아이들은 깜짝 놀랐다. 특히 전날 학교 숲에서 놀다 모기 밥이 되어 온 얼굴이 올록볼록 울긋불긋한 승범이가 그랬다. 계절마다 나오는 곤충들은 모두 승범이 손에 남아나지 않았다. 징그러운 애벌레며, 사마귀, 각종 곤충을 맨손으로 잡는 용기에 아이들은 '대장'이라는 칭호를 아끼지 않고 불러 주었다. 올가을에도 얼마나

많은 잠자리가 승범이 손을 거쳐 갈지 걱정이 되었다. 아이들에게 큰
소리로 물었다.

"너희는 모기 편이냐? 잠자리 편이냐?"

"잠자리 편이요!"

모두들 큰 소리로 대답하는데 승범이 입에서는 모기 소리가 났다.

수업으로 돌아와 도화지에 잠자리 그림을 그렸다. 아이들 숫자만
큼 잠자리를 그려서 나눠 주었다. 아이들은 잠자리를 예쁘게 그리고,
가위로 오리기로 하였다. 아이들은 손으로 색칠 하면서 입은 가만히
있지 않았다. 잠자리 이름 이야기로 말이 많았다.

"내 잠자리는 삐로나야."

승범이는 4개의 날개 색이 모두 다른 잠자리를 보여 주며 말했다.

"나는 나코!"

민준이는 여자라고 지은 이름이라는데 도무지 의미를 알 수가 없
었다.

"크크, 나는 배훈이야!"

정윤이는 날개 여기저기에 배훈 이름을 대문짝만 하게 써 놓았다.

한참을 색칠하는데 여기저기서 낑낑대는 소리가 들려왔다. 너무
꼼꼼하게 색칠하느라 손이 아픈가 보다. 일찍 색칠을 끝낸 효진이가
잠자리와 가위를 들고 나왔다.

"선생님."

효진이는 우리 집 고양이가 간식 달라고 처다볼 때와 똑같은 눈을

하고 있었다.

"오리기 힘들어?"

고개만 끄덕거리고, 불쌍한 눈빛은 흔들리지 않았다. 도화지와 가위를 건네받고, 잠자리를 오려 주었다.

"힘든 사람 선생님에게 가져오세요. 조금 도와줄게."

몇몇 아이들이 도화지와 가위를 들고 나왔다. 잠자리 날개와 날개 사이 자르기를 힘들어 했다. 능숙한 솜씨로 어려운 부분을 싹둑싹둑 잘라 주자 기쁘게 돌아가 마무리를 했다.

"오리기 귀찮다. 누가 도와줬으면 좋겠다!"

쩌렁쩌렁한 목소리가 온 교실에 울렸다. 동윤이였다. 아무 반응이 없자 또 외쳤다.

"누가 도와줬으면 좋겠다!"

씨익 웃으며, 동윤이를 불렀다.

"동윤아, 가져와 봐. 선생님이 오려 줄게."

쓱쓱 가위가 지나갈 때마다 동윤이 얼굴에 주름도 펴져 갔다.

얼추 작품이 완성되어 갈 때쯤 고개를 푹 숙이고 있는 아이가 눈에 들어왔다.

'예령이!'

예령이는 눈 주위가 발개지고, 살짝 한숨도 쉬고 있었다. 예령이는 힘든 일이 생기면 말없이 눈물을 줄줄 흘린다. 며칠 전 부모님과 함께 간 갯벌 체험 학습에서도 여러 번 울었다. 장화 받으러 모두 줄 서 있는 중에도 혼자 울고 있었고, 카약 타러 가서도 울었다.

"힘들면 말해."

항상 예령이에게 하는 말이었다. 무슨 일이 있으면 혼자 눈물로 해결하려는 예령이에게 가장 많이 한 말이었다. 가까이 다가가 자세히 살펴보았다. 눈물이 보이지 않았다. 그림은 머리, 가슴, 왼쪽 날개 2개만 칠해져 있었다. 빈틈이 하나 없이 색칠된 그림에서 얼마나 힘이 들었을지 느껴졌다.

"예령이 울었니?"

"아니요!"

잠깐 눈을 맞추고는 다시 고개를 숙였다.

"예령이 힘드냐?"

"예."

예령이는 왼쪽 손목을 뱅글뱅글 돌리며 웃으며 말했다.

"색칠이 힘들어요."

분명 색칠한 손은 오른손인데 왼쪽 손목을 돌리는 예령이가 귀여웠다. 힘듦을 표현하는 용기를 내느라 어느 손이 아픈지도 잘 몰랐으리라.

"선생님이 도와줄게."

오른쪽 날개와 꼬리는 빡빡한 색칠 대신 하트와 동그라미로 슬렁슬렁 채워 완성했다.

"네가 해! 해 봐야 늘지!"

초임 시절 아이들에게 많이 했던 말 중 하나였다. 그러다 보니 수업이 끝날 때 과제를 해결하지 못한 아이들이 수두룩했다. 다 못한 아이들은 남아서 하거나, 숙제로 내 주곤 했었다. 그런데 잘 가르치려고 했던 의도와는 다르게 많은 아이들 자존감에 상처를 주지는 않았을까 반성하게 된다.

'기회는 공평하게. 과정은 능력에 맞게.'

깊어 가는 가을, 교실에는 아이들이 만든 잠자리들이 줄 맞춰 날아다니고 있다.

잠자리가 날아다니는 가을 교실

열린어린이 책 마을 13

너희들과 함께라서 좋다!

배훈 지음

초판 1쇄 인쇄 2019년 2월 8일
초판 1쇄 발행 2019년 2월 15일

펴낸이 김덕균
편집 김원숙 이지혜 조수연 디자인 한승란
관리 권문혁 출판신고 제 2014-000075호
주소 서울시 마포구 월드컵북로 5가길 17 3층
전화 02) 326-1284 전송 02) 325-9941
ⓒ 배훈 2019

ISBN 979-11-5676-103-7 03800
값 14,500원